MW01254191

La memoria

830

Michèle Lesbre

Nina per caso

Traduzione di
Roberta Ferrara

Sellerio editore
Palermo

2001 © *Première édition Le Seuil*

2010 © *Sabine Wespieser éditeur*

2010 © *Sellerio editore via Siracusa 50 Palermo*
        e-mail: info@sellerio.it
        www.sellerio.it

Lesbre, Michèle <1939>

Nina per caso / Michèle Lesbre ; traduzione di Roberta Ferrara. - Palermo : Sellerio, 2010.
(La memoria ; 830)
Tit. orig.: Nina par hasard.
EAN 978-88-389-2559-2
I. Ferrara, Roberta.
843.914 CDD-22   SBN Pal0230243

CIP - *Biblioteca centrale della Regione siciliana «Alberto Bombace»*

Titolo originale: *Nina par hasard*

Nina per caso

E dall'anima ferita si spandeva il silenzio.

GASTON CHAISSAC
(titolo di un dipinto su tela, 1946)

A Florence, a François.
Con i miei ringraziamenti a Villa Mont-Noir

Venerdì...

Mia madre si chiama Suzy. Capelli rossi, occhi verdi, non molto alta, piuttosto sexy, forse un po' ingrassata dopo l'ultima delusione d'amore. Domenica avrà quarantun anni. È uno strano tipo, mia madre.

Tutte le mattine trovo un messaggio scritto in fretta e furia che mi lascia sul tavolo di cucina. Anzi ha comprato un quaderno speciale, con una spirale, perché i fogli si strappano più facilmente. Scrive una frase prima di andare in fabbrica, una banalità qualsiasi, liste della spesa, raccomandazioni: mangia almeno un toast, copriti bene, non fare tardi, oppure: dove hai messo la scatola dei bottoni? Pensa a quello che ti ho detto ieri sera, hai visto per caso il mio pullover rosso?

Prima, quando i suoi orari glielo permettevano e io andavo ancora a scuola, bevevamo un caffè in silenzio, l'una di fronte all'altra, ascoltando la radio. Poi un bacio sulla punta del naso e via! Ricco, in tutti gli anni che ha passato a casa nostra, ci ha sempre lasciato quei momenti, in fondo i soli che ci concedesse. Lui non si alzava mai quando una di noi due girava ancora per casa. Io adesso lavoro in un salone di parrucchiere, Ricco se n'è andato e quando mi alzo la mamma è già uscita. È una vita diversa. Credo che le dispiaccia vedermi crescere e che stia cercando di non perdermi del tutto.

Oggi ha scritto: «Buona giornata, tesoro, goditi questo giorno di vacanza». Naturalmente sapeva che avrei passato il tempo a cercare un regalo per lei, anche se quest'anno ha deciso di non organizzare niente per via dell'ultimo compleanno, per via di Ricco e di tutto quello che è cambiato da un anno a questa parte. Sa che vado a cercare un regalo e finge di non saperlo. È quasi sempre così, con mia madre.

Certe volte si direbbe che abbia paura di me, voglio dire paura dei miei segreti. Una paura che probabilmente hanno tutte le madri. Ma perché scrivere cose di nessuna importanza, parole sempre troppo semplici, sempre qualcosa di diverso da quello che conta veramente? E soprattutto perché non scrivere mai: «Prendi il volo, tesoro, prendi il volo, lascia perdere il parrucchiere, sogna, perdi tempo. È così bello»?

È la prima cosa a cui ho pensato svegliandomi, il suo compleanno, anche perché non m'era venuta l'idea geniale, quella che poteva lasciare tutti a bocca aperta, quella di cui andare fiera. I giorni precedenti non avevo avuto un minuto per pensarci. Quando esco dal salone dove lavoro da due mesi, tutti i negozi sono già chiusi. Per la strada non c'è più niente da fare. A parte qualche caffè aperto, la città comincia ad addormentarsi. In questa stagione fa buio presto, che tristezza! Sono giorni in cui non succede niente. Mi alzo, vado al lavoro, tocco dei capelli, dei crani, faccio uno shampoo dopo l'altro, passo la crema districante sulle punte, mi sento dire «è troppo calda», «è troppo fredda», corro a prendere il 25, torno a casa, vado a letto. Ed è tutto.

Qualche volta Steph viene a prendermi all'ora di chiusura e facciamo un tratto di strada insieme. Mi prende per le spalle, mi bacia sulla bocca in mezzo alla strada, andiamo al Bar des Amis a bere un caffè bollente prima di separarci. So che un giorno non lo amerò più, anche oggi non lo amo già più, ma ho paura di rompere per via di mia madre.

Stamattina, appena in piedi, ho guardato fuori. Pioveva. Di fronte, le finestre dell'albergo erano quasi tutte aperte. L'ora delle pulizie, tranne che per la camera del secondo piano, quella dove ogni tanto vedo un uomo che guarda la strada con impazienza, come se aspettasse qualcuno che non arriva mai. Ho bevuto la cioccolata e sono rimasta un pezzo a girellare per la casa dove abitiamo, mia madre ed io. Era bello non doversi affrettare, non dover respirare l'odore di ammoniaca e di tintura che fa bruciare gli occhi, irrita la gola e certe volte dà la nausea. Da quanto tempo non avevo avuto un risveglio così gradevole?

Ho fatto la doccia e mi sono preparata per mettermi in cerca di un regalo adatto al mio magro bilancio. Mentre mi vestivo, rimpiangevo che non ci fosse nessun uomo a organizzare di nascosto una bella festa per lei. So che cosa deve passarle per la testa, so che pensa al suo ultimo compleanno. Dopo pochi giorni, Ricco l'ha piantata. Una giornata indimenticabile.

Da quando nella fabbrica dove lei lavora c'era stato uno sciopero, le cose non erano andate più tanto bene tra loro due. Lui non ammetteva che si assentasse da casa né che si compromettesse tanto con le riunioni e con tutti i preparativi che si erano fatti in quelle tre settimane. Perciò, la domenica fissata per il pranzo con gli amici e i regali, aveva fatto in modo di non presentarsi, con la scusa che doveva portare la sua pista da ballo smontabile e il gruppo dei musicanti in una tournée nelle campagne circostanti. Il giorno prima aveva lasciato uno striminzito mazzo di fiori sulla credenza, senza aggiungere una parola.

Oltre alla crisi di pianto durata per ore, oltre ad aver gettato i fiori in questione nella spazzatura, mia madre aveva annullato tutto. Un finimondo.

In pochi minuti, l'appartamento si era trasformato in un mare in tempesta; lei afferrava e scagliava via tutto quello che le capitava sottomano, io le andavo dietro cercando di limitare i danni. Ci muovevamo in un disordine spaventoso; lei piangeva, io le parlavo dolcemente per calmarla.

Siamo rimaste in casa, col telefono staccato e la porta chiusa a doppia mandata. Non osavo lasciarla sola. Due o tre volte qualcuno ha suonato il campanello; erano gli amici che correvano in nostro aiuto. Niente da fare. Io li rassicuravo come potevo, loro mi davano dei consigli. Quando, verso sera, ho dovuto per forza aprire perché Bernadette Chaulon minacciava di chiamare i pompieri, il pianerottolo era pieno di mazzi di fiori, lasciati lì da quelli che erano venuti a trovarci. Faceva uno strano effetto vedere a terra tutti quei fiori appassiti, tutte quelle condoglianze. Sembrava davvero un funerale, il funerale dell'amore tra Ricco e mia madre.

Lui era rientrato a notte alta; noi due eravamo coricate, ognuna nel suo letto. Dormire era impossibile. La rivedevo, per tutta quell'interminabile giornata, evocare di continuo gli stessi ricordi, sempre i più belli perché erano quelli che potevano farla piangere. Pareva che volesse versare tutte le sue lacrime. Non l'avevo mai vista così, non aveva mai sofferto tanto. Dalla mia stanza la sentivo ancora singhiozzare, soffiarsi il naso, alzarsi per bere un bicchier d'acqua. Prima di Ricco c'erano stati Bob e Paul, c'erano state domeniche al sole, grigliate all'aperto, qualche gita in camion, cozze e patate fritte nelle trattorie della costa. Ma loro non erano vissuti qui, in questa cucina, nel letto di mia madre, nella nostra città. Ricco invece ci aveva cambiato la vita. Appena era arrivato, mia madre era diventata un'altra, puntava tutto su quell'amore, lo avevo capito. E avevo anche capito fin dal primo momento che, se l'avesse lasciata, per lei sarebbe stato terribile. Gridava di dolore. Mi tornavano alla mente altre notti, quando sentivo le liti tra lei e mio padre, prima che si separassero, e mi chiedevo che cosa mai potevo aver fatto perché tra loro le cose andassero così male. A quel tempo era lui che piangeva, mentre lei lo incolpava di tutto.

Ricco doveva aver bevuto. Sentivo le loro voci, credo anche che siano venuti alle mani. Non mi sono mossa, ero stremata dopo la giornata che entrambe avevamo passato, non la capivo. Non vedevo da che cosa avrei potuto proteggerla. Forse, pensavo, ha qualche grave problema con gli uomini.

Stamattina ero decisa a trovare un'idea magnifica che le facesse dimenticare la solitudine, ma in fondo so benissimo che io non conto nulla, in ogni caso meno di loro due. Quello che conta per lei è amare, amare da impazzire, avere l'amore nel sangue. Mi dicevo che se l'idea non mi fosse venuta avrei sempre potuto chiedere consiglio a Arnold. Ogni volta che sono in dubbio su qualcosa, su qualsiasi cosa, mi rivolgo a lui. Ma non ho avuto bisogno del suo aiuto. Ho in tasca di che pagarmi una bella domenica.

Tutto è successo senza che me ne rendessi veramente conto. Prima, in mattinata, c'era la rue Montcalm dove camminavo fantasticando; poi ecco una strada senza uscita... l'impasse Beauséjour dalla quale nel pomeriggio sono fuggita come da un incubo... Cerco di ricordare quello che è successo, nell'esatta sequenza, e cerco anche di dimenticare. Le immagini, quando tornano, sono ogni volta diverse, mi sembra di sapere e di non sapere. Ci sono scene che non riesco a ricostruire e che poi riaffiorano all'improvviso. Penso al gatto bianco, alla voglia che avevo di portarmelo via. Non ho osato... Penso a quel giardino che mi ricordava Léon, alla scala in ombra che saliva, saliva chissà dove. Penso alle mattonelle di ceramica, bianche e fredde, alla luce nel corridoio, al raso azzurro e ai merletti posati sul letto. Penso ai biglietti da cento franchi, li sento in fondo alla tasca. Penso alle dita che si muovevano sul bordo della vasca da bagno, quelle grosse dita bianche che lui, quando veniva al negozio, si passava sulla nuca per chiedere che lo radessimo con la macchinetta. Ma quando era da noi, sul polso villoso l'orologio d'oro e l'anello brillavano dicendo la sua ricchezza e la sua potenza. Penso di nuovo al gatto, con quegli occhi gialli. Nella penombra, mi facevano accapponare la pelle...

Aspetto che mia madre torni dalla fabbrica e aspetto tutto il resto, tutto quello che potrebbe succedere dopo l'impasse Beauséjour. Sento il peso di ogni minuto che passa, e le immagini confuse, e l'odore di violetta che mi perseguita. Ho messo un disco a tutto volume, chiudo gli occhi per non vedere più niente, canto, conosco le parole a memoria, *laisse-moi danser, laisse-moi chanter sur la terre où je suis né...* Mi piace la voce rauca di questo cantante...

Forse non tornerò mai più dal parrucchiere. Credo che sarebbe la cosa migliore per me. Partire senza una meta, come gli uccelli che Arnold ed io andavamo a osservare nella baia di Canche e che certe volte vanno così lontano. O magari come un gabbiano che risale il corso del fiume per scoprire qualcosa di diverso.

Sono uscita da casa verso le dieci; non sapevo esattamente da che parte cominciare. Arrivata a place de la République, ho preso un autobus verso il centro. A Wattrelos ci sono pochi negozi, o forse li conosco troppo bene, non so. Quando sono scesa vicino alla chiesa di Saint-Joseph, non avevo ancora un'idea precisa. Sulle prime ho pensato solo a godermi la sensazione di avere il mondo ai miei piedi mentre gli altri erano inchiodati alla scrivania, seduti a una cassa oppure attenti a controllare nello specchio che la cliente non storcesse la bocca alla vista della nuova acconciatura che le proponevano. Non volevo precipitarmi nel primo negozio che incontravo, intendevo girare e riflettere, malgrado il freddo e la pioggia che poco a poco stava diventando neve.

Alcune delle strade per cui passavo facevano parte del mio itinerario di tutte le mattine, ed era strano scoprire all'improvviso un diverso senso del tempo, la libertà di fermarsi, di notare dei dettagli fino ad allora inosservati. Sì, perché spesso faccio tardi, corro accecata dalle lacrime che l'aria fredda mi fa salire agli occhi, arrivo al salone trafelata, rossa come un papavero. La signora Lemonier inarca un sopracciglio e ripete tutte le volte che anche un solo ritardo a settimana è già troppo; poi mi indica lo spogliatoio con un gesto brusco. Non pensa, la signora, che lei abita proprio sopra al negozio.

A forza di lasciarmi guidare dal caso, avevo finito per allontanarmi dal centro. I negozi si facevano rari e non erano quasi mai del genere che serviva a me. Ho cercato di riprendere la direzione giusta e, chissà come, mi sono ritrovata in questo quartiere dove di solito non mi avventuro mai.

Rue Montcalm e impasse Beauséjour non sono molto lontane l'una dall'altra, appena qualche minuto di cammino. Quando sono arrivata a rue Montcalm erano quasi le undici. Cominciavo a pensare che non potevo continuare a prendermela comoda, che si sarebbe fatta notte senza che mi fossi decisa: un disastro. Mi pentivo di non aver coinvolto nella ricerca un paio di amiche di mia madre, specialmente Louise che la conosce da tanti anni. Ero sul punto di andare al Colibrì per farmi consigliare da Arnold o di prendere il tram per Lille.

Delplat mi è comparso davanti all'improvviso. Mi sono chiesta da dove potesse essere sbucato. Nessuno nei paraggi e, di punto in bianco, lui era là. Ho pensato a mia madre, una mano nella macchina, i denti di acciaio che stritolano le ossa. Cose che succedono.

Lui sorrideva in modo strano. Tutti i venerdì viene al negozio dove sono stata assunta da poco e chiede una rasatura alla vecchia maniera e una ritoccatina alla nuca quando occorre. Si passa sulla pelle il grosso dito dicendo: «Toglietemi tutto quello che è di troppo!». E noi a ridacchiare di nascosto, vecchio scemo. Pare che continui a venire da anni, tutti i venerdì. Appena entra, ilarità generale. Prima era Sarah a occuparsi di lui; se ne è liberata il giorno in cui sono entrata io. Tocca sempre all'ultima arrivata.

– Come si chiama questa deliziosa fanciulla? – aveva detto la prima volta.

– Nina.

– E a chi pensa la signorina Nina? Al principe azzurro?

Imbacuccato nell'asciugamano, impiastricciato di sapone da barba, pareva un bignè alla crema spiaccicato sulla poltrona. E pronto ad allungare le mani appena si presentava l'occasione, ad indugiare con lo sguardo dappertutto. Almeno settant'anni, grasso, calvo, gli occhi affondati tra le pieghe della pelle...

Dunque quella mattina eccolo davanti a me, in rue Montcalm. A ogni buon conto l'ho salutato: «Buongiorno, signor Delplat». Veniva dal salone ed era piuttosto contrariato perché io non c'ero. «Certo, signore: oggi è il mio primo giorno di ferie...». La sua voce si è addolcita; ho sentito: «Quando si è giovani, si ha sempre bisogno di soldi...». Voleva che andassi a casa sua. Avrebbe ricompensato quel gesto «al suo giusto valore». Io ero decisamente poco entusiasta. Mentre parlava, gli vedevo i denti gialli e le labbra grigie che si increspavano, mentre agli angoli si formava una specie di schiuma che si stirava in fili trasparenti: avevo il voltastomaco.

22

– Non dite di no, cattiva ragazza, vostra madre non ne sarebbe contenta, lei che è così disponibile… Conto su di voi.

Non ha aspettato la mia risposta; si è limitato ad aggiungere:

– Su, su! Impasse Beauséjour, numero 4!

Che lasci in pace mia madre: non riuscivo a pensare ad altro. So che lei deve fare molta attenzione. Con tutto quello che è successo durante lo sciopero dell'anno scorso e i quaderni di Legendre e l'appoggio a Bernadette Chaulon, mi sembra strano, per non dire inquietante, che lui la trovi «disponibile». Si sente parlare in giro di nuovi licenziamenti. So che sono tutte preoccupate, le sento discutere. Di sicuro stanno preparando un altro sciopero. Hanno paura, soprattutto quelle che si sono date da fare durante il precedente. E tra quelle che hanno scioperato c'è mia madre con tutte le sue amiche. Mi sono detta che non avevo scelta, che dovevo andare in quella maledetta casa. Una cosa alla svelta e via!

Ho chiamato Steph, col quale avevo appuntamento nel primo pomeriggio. Ero sempre d'accordo per il cinema, ma semmai la sera; prima avevo troppe cose da fare. Lui naturalmente voleva delle spiegazioni, vuole sempre delle spiegazioni. Già a scuola, ogni volta che preferivo giocare con Lolo, si faceva venire una crisi. Piangeva in mezzo al cortile finché la maestra non si avvicinava per consolarlo. Allora mi guardava da lontano e le parlava: indovinavo che si lamentava di me, mi sentivo in trappola. Sì, perché anche Lolo mi pia-

ceva molto. M'insegnava delle parole che non conoscevo, giocavamo con le biglie, coi dadi. Steph s'immuso-
niva. Diceva: «Io ti amerò per tutta la vita».

La prima volta è stato nel pullman che portava l'intera scolaresca in gita alla baia della Somme. Lui aveva il maglione fatto da sua madre e che gli invidiavo,
con dei conigli che correvano nell'erba. Non ho risposto niente, tutta la vita era troppo, faceva quasi paura.

Al telefono mi ha chiesto che cosa avessi da fare di
più importante del cinema. Ho inventato qualcosa.
Non ho parlato del regalo per mia madre né di Delplat,
era capacissimo di offrirmi il suo aiuto. Dai tempi della scuola gli mento così spesso che non se ne accorge
più. Mi piace mentirgli perché mi ama troppo. Prefe-
rirei qualcun altro, qualcuno che io non conosca e che,
a sua volta, non conosca me.

Sono tornata a casa infuriata; ce l'avevo con lui e con
tutto. Ho messo dei dischi per calmarmi. Mi sono
chiusa in camera. Vorrei poter vivere da sola. Perché
io sono sola. Non faccio parte di nessuna banda, non
faccio parte di niente ma vorrei qualcosa di diverso. Vorrei ignorare tutto delle persone che abbiamo intorno,
mia madre ed io, vorrei vederle in un altro modo e non
come se tutto fosse già finito. Vorrei che Steph andasse molto lontano. Almeno per un po'. Vorrei che mi
capisse.

Ho aspettato fino a metà pomeriggio per decidermi
a proposito di Delplat. Cominciava bene il mio primo
giorno di ferie! Mi dicevo: «È come una brutta domenica, si vorrebbe avere tutto e invece non c'è niente.

Le ore passano». Quando sono andata all'impasse Beau-séjour, erano le quattro. Un'ora dopo sono uscita di lì.

Poi ho ricominciato a camminare...

Continuavo a girare a vuoto per la città. La pioggia e il freddo mi entravano nelle ossa, ma andavo avanti lo stesso. Ho ripreso il 25 vicino a La Redoute e sono scesa accanto a La Lainière. È il posto dove Louise ha fabbricato gomitoli per anni prima di essere assunta da Delplat, il posto dove suo padre ha alimentato caldaie a carbone per tutta la vita.

L'autobus passava di strada in strada: tutto era immobile, non c'era un negozio che mettesse un po' d'animazione: all'improvviso mi sono sentita un peso sul cuore.

Un attimo dopo mi sono trovata davanti alla fabbrica «DELPLAT & FIGLI, FILATI», senza sapere come ci fossi arrivata. Ho avuto un brivido. Mia madre ci lavora da dieci anni. I muri sono di mattoni rosso sangue, il tetto di zinco brilla nella sera. Erano solo le cinque e già si annunciava la notte. Una luce scialba illuminava le alte finestre chiuse da sbarre di ferro. Ho cercato quella del reparto di mia madre; me l'aveva indicata lei quando siamo arrivate qui. È sempre la stessa. Ricordo ancora quel giorno, a quel tempo ero una bambina davanti a una vera fortezza. Immaginavo che le sbarre servissero a fermare quelle che volevano scappare, quelle che non sopportavano più il rumore delle macchine di cui si lamentava mia madre, oppure i rimproveri di Hervé Legendre, il caporeparto.

Sul lato destro della fabbrica, un cortile ingombro di bobine enormi, di casse e di cavi. Una fila di camion parcheggiati. Sulle fiancate, in nero su fondo arancione, si legge: «FILATI DI LUSSO». Spesso, tra gli oggetti ammucchiati alla rinfusa, il cane del guardiano stana un topo e poi ne abbandona la carogna sotto le finestre degli spogliatoi; si direbbe che lo faccia apposta per sentire gli strilli che si levano ogni volta quando le donne si accostano ai vetri. Si affacciano sempre dopo il lavoro, anche se non c'è niente di particolare da vedere, anche d'inverno quando l'oscurità nasconde tutto. Guardano fuori, e tanto basta.

«Quando si arriva nello spogliatoio, già si vorrebbe essere fuori». Appena mettono piede nel seminterrato, tutte dicono di volersene andare di corsa. Entrano nella fabbrica e sono già sottoterra. All'uscita da scuola, mi piaceva andare là ad aspettare mia madre. Erano i giorni senza Ricco, i giorni in cui lui la lasciava un poco anche a me. Il guardiano mi faceva entrare; in teoria è proibito, ma lui è amico di mia madre. Poco fa, se avessi voluto, sarei potuta andare dentro a scaldarmi; mi avrebbe accompagnato giù e mi avrebbe detto: «Tua madre è una gran donna»; dice sempre così. Dalla finestra sul cortile, quasi al livello del terreno, avrei visto le ruote dei camion e sentito il rombo della caldaia o delle turbine attraverso le pareti. Appoggiata al termosifone fino a sentirmi bruciare tutta la schiena, avrei creduto di tornare indietro, al tempo in cui ero piccola.

Poco a poco la pioggia si era trasformata in una leggera nevicata. I passanti si erano fatti rari, ma presto sarebbero stati di nuovo in molti a correre in tutte le

direzioni per fare la spesa e riprendere i bambini al doposcuola serale, prima di chiudersi in casa fino all'indomani mattina. Continuavo a pensare agli spogliatoi
mentre mi allontanavo dalla fabbrica; pensavo a mia madre, a Annie, a Louise, a Nicole, a Marie-Claude... al-
l'ora dell'uscita. Si sarebbero accalcate per uscire, ancora più eccitate del solito. Era il fine settimana.

Ci mettono sempre un attimo a spogliarsi. Restano
in slip e reggiseno, in sottoveste, con la pelle bianca e
le vene azzurre sottopelle. Aprono gli armadietti e di
colpo le vite si mescolano, circolano i segreti. Gli armadietti metallici sono allineati lungo le pareti. Al
centro della stanza, su un tavolo, c'è quasi sempre un
mazzo di fiori che portano a turno. Mia madre com-
pra delle rose rosse. Sopra gli armadi, un orologio che
va indietro da sempre, tra due manifesti che rappresen-
tano la spiaggia del Touquet e quella di Wimereux. L'interno degli armadi è tappezzato di fotografie, di cartoline e di portafortuna. Alcune, le più giovani, ci hanno messo anche il loro attore preferito.

Nel suo, mia madre ha attaccato una foto della casa
paterna in Piccardia, un'altra che ritrae me bambina,
mascherata da fatina, a cavalcioni sulle spalle del nonno, e infine una terza dove lei è in costume da bagno
su una spiaggia del Nord della Francia, non ricordo più
quale. E poi Ricco. Lui le cinge la vita, ai tempi del loro incontro, al ballo di Herzeele. Mia madre è bella,
sorridente; io mi sono intrufolata tra le sue gambe, minuscola al loro confronto, e li guardo: ho otto anni. Ricco è in pantaloncini, al collo porta una catena d'oro.

Non mi piace vedere mia madre che si spoglia, anche se fanno tutte così senza imbarazzo. Da quando Ricco se n'è andato, è ingrassata. Adesso nemmeno a lei piace più che vada a prenderla, che resti a guardare. Del resto non ho mai tempo, esco dal lavoro alle sette e mezza. È il mio primo giorno di vacanza.

Di mia madre conosco ogni gesto. Lascia scivolare il grembiule fino a terra, si passa un kleenex sotto le braccia, sistema una spallina del reggiseno. È ancora attraente, con un corpo che ha una sua dolcezza. Lei lo accarezza nel vestirsi, si sfiora le spalle con le mani, tende la stoffa dei pantaloni per sistemarla sui fianchi (la gonna con lo spacco dietro è per gli altri giorni, i giorni in cui «si va fuori»).

Libera i capelli rossi imprigionati nello scollo del pullover, li solleva e li lascia ricadere. Fanno tutte gli stessi gesti. Si parlano in fretta, senza guardarsi: la pelle secca, i bambini, le diete, la fine del mese, il marito, il menu, il mal di reni, il malumore. Ogni tanto si toccano: gesti semplici per dirsi che sono belle. Ridono, s'infuriano, fanno progetti. Hanno tutte uno specchietto nella tasca del grembiule. Mia madre, quando mette la biancheria sporca nella lavatrice, ogni tanto se ne dimentica. Si sente lo specchio che, tac tac, saltella nel cestello d'acciaio. Dopo torna al suo posto, in tasca, per la nuova settimana.

Si trucca tutti i giorni, mia madre. Un'ombra di verde sulle palpebre, un tratto di eye-liner sotto le ciglia e un tocco di rossetto sulle labbra. Nell'armadietto ha sempre tutto l'occorrente, non si sa mai. Ma dopo Ricco, non succede niente. Comunque vada, non succede niente.

Spesso, dopo il lavoro, alcune vanno insieme a fare la spesa nel supermercato più vicino. Da bambina ci andavo anch'io. Mia madre mi dava da spingere un carrello troppo pesante per me. A sentirle parlottare tra gli scaffali il tempo non passava mai: Hervé Legendre, e poi Hervé Legendre e ancora Hervé Legendre.

Quando mia madre è entrata in quella fabbrica, lui ancora non c'era: solo di lì a qualche mese ha sostituito Lapardon, quello che, parlando alle donne del suo reparto, diceva «figlie mie». Lapardon è andato in pensione ed è arrivato Hervé Legendre. Ha una quarantina d'anni; si rivolge a loro come se parlasse a delle cagne. Sempre addosso, sempre con un occhio all'orologio, sempre con un quaderno e una matita. È stato lui a far sospendere Bernadette Chaulon. Anche lo sciopero si è fatto per colpa sua.

Alcune di loro sono entrate a quattordici anni; nella fabbrica già lavorava la madre e qualche volta tutta la famiglia. Il padrone precedente era il padre dell'attuale, Henri-Emmanuel Delplat, e prima ancora c'era suo nonno. Da sempre si entra nella fabbrica rossa dai muri di mattoni, una seconda casa dove si invecchia tra il rumore e la fatica. In piedi, con le gambe pesanti come il piombo a furia di girare intorno alla macchina, oppure sedute su un cuscinetto lavorato a maglia, hanno ugualmente la forza di farsi venire una crisi di nervi se sentono parlare di licenziamento. Questa voce ha ricominciato a girare. Ho paura per mia madre, eppure vorrei che se ne andasse. Vorrei che cambiasse tutto...

Il vento si è fatto pungente, la pioggia è neve squagliata. Sul marciapiede di fronte, dentro il Café des Solitaires, ho visto il marito di Louise. È la sua ora. Più tardi, all'uscita dalla fabbrica, lei verrà a prenderlo e lui la seguirà senza protestare. Domani sarà di nuovo qui. I giorni passano e lui torna sempre. Povera Louise, con il suo Roger.

Io e mia madre abitiamo in una strada tranquilla, di fronte allo Splendid, un albergo senza pretese con dei clienti normalissimi, quasi tutte persone che lavorano e che probabilmente, da queste parti, non conoscono nessuno. La nostra cucina e il nostro bagno danno sul cortile, la mia camera e il salotto sulla strada. Mia madre dorme in salotto, la mia camera è proprio di fronte all'albergo. I primi mesi dopo il trasloco ero convinta che mio padre sarebbe venuto ad abitare allo Splendid e mi avrebbe fatto dei segni senza lasciarsi vedere dalla mamma; così lui ed io avremmo potuto continuare a incontrarci a sua insaputa. Talvolta restavo ore e ore a sorvegliare l'ingresso, sperando di scorgerlo all'improvviso mentre si girava verso le nostre finestre nel tentativo di vedermi.

Non è mai venuto, probabilmente non verrà mai ed io preferisco non pensarci. Sono seduta sul letto, fuori è buio ma giù per la strada la neve danza intorno ai lampioni.

Rimetto la canzone dall'inizio: *Je vois du chagrin, j'ai du plaisir...* mi lascio cullare.

Penso al gatto bianco. Ricordo quando sono uscita dalla casa di Delplat, nel pomeriggio, e mi sono persa nel giar-

dino del quale non trovavo più l'uscita. Correvo all'impazzata inciampando nei sassi, traversando le aiuole, con le suole impastate di fango. Il giardino mi avrebbe inghiottita, ne ero sicura, già sprofondavo nella terra...

Quando finalmente sono arrivata all'impasse Beauséjour, nei paraggi non c'era nessuno. Tutto il quartiere sembrava profondamente addormentato, come spesso i luoghi abitati dai ricchi. Non ricordavo se avevo chiuso o no il cancello. Pensavo solo a fuggire lontano da quel mondo dove non avrei mai dovuto perdermi...

Se il gatto bianco mi avesse seguito me ne sarei accorta, un gatto bianco nell'oscurità del giardino... un giardino trascurato quasi come quello di Léon, con gli attrezzi abbandonati, i vasi da fiori capovolti, le assi di legno a protezione delle aiuole, i cespugli incolti. Ho cercato di figurarmi Delplat, solo in quella grande casa piena di ricordi, e ho pensato a Léon. Non ero fiera di me stessa, non lo ero neanche un po'.

A un tratto rivedevo il corteo funebre avanzare lungo la strada, la strada della mia infanzia, di quella di mia madre e di chissà quante altre persone. Eravamo arrivate quasi alla stessa ora, lei ed io. Dal giardino vedevamo la finestra dove sicuramente la nonna lo vegliava aspettandoci. Una carriola piena di foglie e di fiori appassiti era stata abbandonata in mezzo all'aiuola; lì vicino un rastrello, una pala e l'immancabile berretto da marinaio.

Non avevamo il coraggio di entrare. Mamma aveva raccolto il cappello e ci eravamo spinte fin sotto la pergola dove, durante le vacanze, la sera ci fermavamo a guardare le stelle... La morte improvvisa di Léon si leggeva in

31

quel giardino silenzioso e deserto. Mia madre singhiozzava e la nonna era apparsa sulla soglia. Fu una delle ultime volte che la vidi.

Poco fa, nel giardino dell'impasse Beauséjour, avevo alzato gli occhi verso il cielo, ma c'erano solo nuvole e vapori che danzavano nel cielo grigio.

Sono entrata alla Brasserie du Nord, avevo bisogno di bere qualcosa di caldo, una cioccolata, un caffè, un grog. Meglio un grog per farmi girare un po' la testa. Sono rimasta al banco, conosco il padrone, mi ha veduta crescere. Il grog era profumato, ero incerta tra cannella e vaniglia.

– Cannella – ha detto lui.

Ha chiesto notizie di mia madre. Io sto sempre sul chi vive quando un uomo mi chiede di lei, non so mai quali siano i suoi veri motivi, intendo motivi onesti come la semplice gentilezza o l'amicizia. Ho risposto che stava bene, grazie. In fondo indovinavo quello che stava pensando. Sa molte cose. Prima, quando Ricco viveva con noi, i giorni in cui veniva a prendermi a scuola ci fermavamo proprio là, in quella birreria. Scommetteva sui cavalli, giocava a tombola e a carte con gli avventori, raccontava di quando portava la sua pista smontabile in giro per le campagne, fino al confine belga. Oppure attaccava una delle sue tirate sull'Italia, un paese che conosceva poco perché era nato a Nogent-sur-Marne, ma di cui parlava come di un paradiso. Io, seduta su una panca, coloravo dei disegni o facevo i compiti nel vociare confuso della sala. Ricco mi disorientava con quel suo modo di giocare con le parole, di mettersi sempre al centro dell'attenzione. Spesso sedevamo allo stesso tavolo lui ed io, o meglio io, perché lui sembrava riempire tutta la sala e parlava con tutti passando da un tavolo all'altro.

– Come te la cavi con i bigodini? – ha domandato il padrone.

– Così, sto imparando.

– Ormai sei grande, eh? Ti stai facendo furba!

– Mmm… no.

Pensando a Ricco, mi è tornata in mente la sera in cui la mamma mi ha spiegato che un signore «molto simpatico» sarebbe venuto a dormire a casa nostra. Lui era arrivato all'ora di cena. L'avevo riconosciuto subito: la domenica prima, al ballo di Herzeele, aveva ballato sempre con lei ed io avevo sentito Louise dire sottovoce al marito:

– Credo proprio che sia innamorata cotta, la Suzy!

Vedevo mia madre, senza forze tra le sue braccia, con la testa abbandonata all'indietro, come un uccello troppo stanco che precipiti e sia sul punto di sfracellarsi al suolo. Quando sparivano tra la folla, mi precipitavo tra le gambe dei ballerini per ritrovarli. Giravano, giravano, e lo sguardo di mia madre si perdeva lontano. Allora tornavo a sedermi vicino a Louise e a Roger. Louise mi prendeva la mano. Lo strepito della musica ci assordava. Madeleine, la madre di Louise, ballava con Adeline e con tutte quelle che volevano unirsi a loro.

34

Erano vecchie, ma sembravano delle scolarette. Ballavano tenendosi per mano o passandosi il braccio intorno alla vita o alle spalle. Adeline veniva a invitare anche me, ma io non volevo seguirle intorno alla pista:
dovevo sorvegliare mia madre, proteggerla.

Ricco, dunque, era arrivato a casa nostra verso sera.
Aveva un blouson di pelle e una sciarpa rossa. «Buongiorno, ragazze!» aveva detto ridendo. Il suo accento
deformava le parole. Mamma lo aveva invitato a sedersi, aveva preso il blouson e la sciarpa per appenderli al-
l'attaccapanni, gli aveva portato da bere. Ricordo ancora esattamente quei momenti, mi sembravano inter-
minabili. Lei restava vicino a lui, non gli toglieva gli
occhi di dosso.

Alla fine mi aveva passato una mano tra i capelli:

– Ti ricordi di Nina?

– Nina? – aveva risposto. – L'ho già vista, questa
bambola?

– Sì, certo, era con me e con gli amici a Herzeele.

Lui non se ne ricordava.

La notte mi era sembrata immensa, profonda, inquietante. Li sentivo muoversi, mormorare, ridere, senza
di me. In piedi, dietro le tende della mia camera, guardavo le ombre incrociarsi fluttuando sugli schermi lu-
minosi delle finestre dell'hotel Splendid. Quelle ombre
e i suoni misteriosi che mi arrivavano attraverso le pareti mi facevano temere il peggio per mia madre. In ogni
caso la città intera stava passando la notte in bianco.

La mattina dopo, Ricco era ancora là. Mi avevano
portato a scuola insieme, in ritardo. Si baciavano ogni

momento. Mamma mormorava: «Smettila... la bambina...». Mi aggrappavo alla sua mano con tutte le forze. Quando sono arrivata in classe, la maestra era in
piedi vicino alla cattedra e leggeva. Si è interrotta. Io
ho balbettato:

– Il fatto è che la mamma ha un compagno.

Mi è venuto da piangere; lei mi ha teso una mano,
io mi sono avvicinata.

– Sono contenta che tu sia qui – ha detto sottovoce.

Preferivo i giorni in cui Ricco restava a letto fino a
tardi; era difficile che si alzasse presto. Allora mi ac-
compagnava solo la mamma: era molto meglio. Non aveva mai il tempo di prepararsi, mi guardava bere la
cioccolata e mi sorrideva da lontano, gli occhi ancora
gonfi di sonno. S'infilava un indumento a caso preso
dall'attaccapanni e uscivamo. Camminavamo svelte, in
silenzio, fino alla panetteria dove mi comprava un pa-
nino con le uvette per merenda. Poi, durante il resto
del tragitto, c'era quell'odore di pane caldo che ci ri-
confortava. Davanti al portone si accoccolava ripeten-
domi sempre la stessa raccomandazione: «Fai la brava,
intesi?». Ogni tanto aggiungeva: «Questa sera viene
a prenderti Ricco». Io non rispondevo, ma ero triste
per il resto della giornata. Non gli perdonavo di essersi preso mia madre completamente. Quando veniva al-
l'uscita di scuola, parlava poco. Non faceva che can-
ticchiare e, ogni tanto, mi chiamava «la ragazza».

– Allora che dice la ragazza?

Proprio niente. Io non gli dicevo niente.

Bob e Paul erano molto meno invadenti. Tanto per cominciare non vivevano con noi. Pareva che Bob avesse una famiglia; quanto a Paul, passava tutta la settimana al volante del camion. Facevano parte della domenica, le domeniche a Saint-Omer dove Bob aveva un orto e una casetta che prestava a mia madre, le domeniche al mare in cui si mangiavano patate fritte e cozze al vino bianco insieme a Paul. Loro non sembravano affatto pericolosi, venivano solo a trovarci; a mia madre e a me piaceva aspettarli. Niente a che vedere con Ricco.

Volevo che mi restituisse mia madre. Pensavo a mio padre, del quale non sapevo più niente da quando eravamo andate via da Parigi, e mi sentivo in diritto di chiedere spiegazioni. Di tanto in tanto buttavo là una frase a cui mia madre rispondeva fulminandomi con lo sguardo.

Lei l'ha cancellato dalla sua vita, lo so, ma nella mia è ancora presente, anche se devo andarlo a cercare tra i ricordi. L'ultima immagine che ho di lui è dolorosa. Stava in piedi sulla banchina della Gare du Nord, con le lacrime agli occhi, e agitava appena la mano mentre il treno si allontanava. Mia madre ed io lasciavamo Parigi perché lei lasciava papà.

Non ho mai capito che lavoro facesse a quel tempo; so soltanto quello che mia madre me ne ha detto in seguito: «Traffici di ogni genere». Ricordo che stava tutto il giorno al telefono, nel suo ufficio all'ultimo piano di una torre di vetro, vicino alla Grande Arche della Défense.

A volte ci andavo insieme a lui, quando mia madre, gridando, gli ricordava che aveva una figlia. Secondo quello che mi ha detto lei, comprava grossi lotti di certe misteriose mercanzie che poi rivendeva a un prezzo maggiorato. Mi pare che fosse alto, con i capelli neri e ondulati, gli occhi chiari e ridenti, la voce profonda.

Dei giornali leggeva una sola pagina, quella della Borsa: seguiva le quotazioni come gli episodi di un romanzo a puntate, con colpi di scena, imprevisti e rimbalzi. L'ho visto gettare a terra il giornale e pestarlo sotto i piedi perché le notizie non erano buone, oppure salire sul tavolo e fare il suo numero da clown perché gli affari promettevano bene. Tutto poteva cambiare da un giorno all'altro. Mamma diceva che il suo capo era un furfante e lui rispondeva: «Esageri». Usciva la mattina presto, rincasava la sera tardi. Dal mio letto li sentivo litigare; lei ne aveva abbastanza. Certe sere però veniva portando dei regali e delle bottiglie di champagne. Si baciavano. Si erano conosciuti al luna park del Trône; la mamma sull'ottovolante aveva molta paura e piangeva, lui aveva cercato di farle coraggio.

Lei non poteva sopportare il suo disordine, le sue cicche e quasi nessuno dei suoi amici. Aveva un'antipatia particolare per un certo Momo, un amico d'infanzia che si piantava sempre in casa nostra. «Quanto è volgare quel Momo!» diceva lei, oppure: «È un macho, il tuo Momo!». Era vero: Momo non faceva che dire «coglioni, tette, figli di puttana, froci»... Portava giacche di tutti i colori e odorava di dopobarba.

Papà criticava i genitori di mamma: tuo padre qui, tua madre là. Non gli piaceva la campagna, detestava il Nord, le spiagge del Nord, i colori del Nord. Quando lei preparava una nuova pietanza, non sempre se ne accorgeva. Non voleva che andasse a lavorare. Però a entrambi piaceva Eddy Mitchell, *Couleur menthe à l'eau*, il colore degli occhi di mia madre.

– Se credi che basti questo nella vita! – gli gridava lei quando lui cantava per farsi perdonare.

Un giorno aveva deciso di piantare tutto, papà e Parigi. C'era troppo rumore a Parigi, troppo inquinamento, troppa gente, troppo di tutto e niente di quello che avrebbe voluto con lui. Un'amica d'infanzia, Louise, le aveva trovato un posto nella fabbrica di filati dove lavorava, a Roubaix, vicino a Lille. Mamma ci aveva pensato su e aveva deciso di partire. Papà si era messo a gridare.

– Non vorrai farlo sul serio! Non è un lavoro per te! Lascia perdere, è roba del passato.

– Se non altro è un lavoro onesto, – aveva ribattuto lei. – Poi si vedrà. Non ho paura di lavorare con le mani.

Erano finiti i mercoledì in cui salivo in cima alla torre e una segretaria, Elisa, all'ora di pranzo scendeva a comprare una dozzina di paste. Papà detestava le vitamine e i pasti equilibrati. La segretaria ed io bevevamo coca-cola, lui stappava una birra. Elisa era bionda, sottile e molto elegante. Papà la chiamava così, ma il suo vero nome era Elisabeth. Rideva sempre e profumava di fiori. Certi giorni mi leggeva una storia. Volevo sempre la stessa, la storia dei Tre Briganti, uomini buoni che accoglievano i bambini abbandonati e li vestivano di rosso. Papà diceva che i briganti buoni esistevano davvero. Anche nella vita… E poi mi raccontava che un tempo gli orfani di Parigi erano accolti nell'Hôpital des Enfants rouges, chiamato così per via delle uniformi. Oggi l'ospedale non esiste più e anche di mio padre non ho saputo più nulla.

Verso sera mi riaccompagnava giù nel vestibolo dove mia madre aspettava. Gli ultimi tempi non si rivolgevano più la parola. Lei guardava oltre la vetrata, sembrava sempre attratta dalla strana nuvola impigliata tra le gambe della Grande Arche. Mio padre mi baciava sussurrandomi all'orecchio: «Ciao, mia colomba». Io svolazzavo verso mia madre che si girava aprendo le braccia. Sentivo il clic dell'ascensore che portava via mio padre, molto più in alto delle nostre teste, mentre mia madre scoppiava in una risata che finiva in un singhiozzo. Mi stringeva forte come se qualcuno avesse potuto portarmi via.

L'ultima volta che sono andata in quell'ufficio, papà aveva organizzato una festa con dolci e champagne. Ha spiegato una carta geografica e abbiamo cercato Lille, Arras e Béthune. Di lì a Parigi c'era uno spazio grande esattamente quanto la mia mano.

– È un segno – aveva detto lui.

Capivo che tra loro due ci sarebbe stata sempre la mia mano ad avvicinarli. Per qualche mese ha mandato delle cartoline da Berlino, da Amsterdam. Poi, dopo l'arresto del suo capo, più nulla.

Ricordo ancora quel viaggio in treno. Campi sterminati si perdevano all'orizzonte che tremava nei miei occhi pieni di lacrime. Rivedo le prime case con le facciate rosso cupo, il colore dei mattoni scuriti dal sudiciume. E poi quelle strane montagne nere, i terril. A Lille avevamo dovuto prendere un altro treno, con un cuore che sentivo battere a colpi forti e rapidi: ansimava attraverso la campagna. Due o tre volte, prima della stazione di Roubaix, avevo visto delle fabbriche o dei capannoni in rovina e li avevo indicati a mia madre sperando che quello spettacolo la convincesse a tornare indietro.

Quando sono uscita dalla Brasserie du Nord, il padrone ha detto:

– Dai un bacio a tua madre da parte mia.

Non ho risposto. Ho pagato con un biglietto da cento franchi. Lui ha sorriso, pensando che mi divertissi a sperperare i soldi della paga, che facessi davvero «la furba». Poteva pensare quello che voleva. Anche se mi ha visto crescere, anche se ha conosciuto tutti gli amici di mia madre, non sa niente di me. Ho raccolto il resto e poi ho rimesso un franco nel piattino. Quando ho alzato gli occhi ho incontrato il suo sguardo, uno sguardo duro, come se avessi commesso un grave sbaglio. Solo che lo avevo fatto apposta e lui lo sapeva; non ero più la bambina di un tempo, volevo che lo capisse una volta per tutte.

La fine della giornata riportava una certa animazione per le strade. Ho allungato il passo. Da lontano ho visto Micky: avvolto nella sua coperta, cercava riparo sotto un portico. Un altro giorno sarei andata a fargli compagnia. Mi piace, Micky, racconta a tutti la sua vita, i viaggi e la prigione. Non possiede niente; dice: «Io sono un SFD, senza fissa disperazione». Se non vivessi con mia madre, lo inviterei ogni tanto.

Mi dicevo che a casa, stasera, tutto sarebbe stato come al solito. Mia madre mi avrebbe chiesto che cosa avevo fatto in quel primo giorno di vacanza ed io avrei inventato. È una cosa che so fare e che mi piace: inventare qualcosa di diverso. Lei avrebbe pensato che avevo passato parte del tempo a cercare un regalo per il suo compleanno. Non è esattamente così. Però la porterò al mare, ho in tasca di che pagare il treno e l'albergo grazie all'impasse Beauséjour. Mi piace quest'idea. Dopo non so, davvero non so che cosa succederà.

La porterò al mare, dormiremo nello stesso letto. Non andremo a Berck e nemmeno a Wissant, a Wimereux o in un altro di quei posti dove andavamo con Ricco. Andremo a Malo-les-Bains. È molto tempo che non dormiamo nello stesso letto, tanto tempo che mi sembra di essere vecchia.

Ho voglia di piangere e di ridere perché sono ancora una bambina, completamente sola, e non so che cosa mi aspetta. E c'è dell'altro: non so chi mi vuole veramente bene.

Se solo il gatto bianco mi fosse venuto dietro... Ma forse mi è passato tra le gambe quando sono uscita correndo dalla porta, forse sta gironzolando per il giardino. Che sia fuori o dentro non ha importanza, purché non rimanga per ore a miagolare davanti alla porta, rischiando di insospettire i vicini...

Dopo la Brasserie du Nord mi sentivo di nuovo forte e mi dicevo che dopo tutto potevo anche cavarmela, non avevo lasciato nessuna traccia. Per rinfrancarmi ancora, mi sono avviata verso il negozio di Arnold. Non avrei avuto bisogno di parlare, lui sarebbe stato là con i suoi uccelli, i suoi libri e tutto quello che riesce a dire con parole semplici.

Con lui mi sento sempre trasportare altrove. Il Tordo azzurro, il Colibrì dalla coda bianca, la Vedova dal collare d'oro, il Turverde, l'Amandina testa rossa, l'Aracari, la Tangara azzurra. È capace di parlarne per ore e di mostrarmi i suoi vecchi libri, specialmente quello di Buffon, il suo preferito.

Adesso non andiamo più nella baia di Canche come un tempo, e nemmeno nella riserva di Marquenterre. Sarà perché sono cresciuta. Allora mia madre era d'accordo, perché così poteva restare sola col suo innamorato. La domenica mattina mi lasciava da lui e raggiungeva Ricco là dove si era fermato con la pista da ballo. A me non importava: mia madre aveva Ricco, io avevo Arnold. Partivamo con la sua macchina e restavamo per giornate intere a osservare gli uccelli. Mi spiegava la vita dei migratori, le loro abitudini, quali paesi attraversano e perché, l'immensa libertà che li rende così belli e patetici.

Un giorno ho detto:

– Ma le gabbie, Arnold? Gli uccelli in gabbia?

– Dipende dal fatto che siamo infelici, non è facile da spiegare ma è così. L'infelicità fa commettere delle sciocchezze.

Ancora prima di entrare nel negozio, l'ho visto chino come al solito sul tavolo da lavoro. Era l'ora in cui cominciava a coprire certe gabbie. I primi tempi avrei voluto che sposasse mia madre, che diventasse in qualche modo mio padre, ma poi è arrivato Ricco. Oggi non vedo più le cose allo stesso modo, preferisco tenerlo per me sola. Del resto credo che a mia madre non piaccia, e poi gli uccelli non le interessano.

Ho aperto la porta e il campanello ha svegliato la gracula che sonnecchiava. Ho sentito la sua voce:

– Buongiorno, mio gabbiano! (La gracula ha ripetuto: «Buongiorno, mio gabbiano!»).

Si chiama Freddo, sono insieme da quindici anni, da quando Arnold ha aperto il negozio. È uno strano animale: Arnold dice che non sa di essere un uccello. Vuole stare sempre con gli esseri umani e disprezza tutte le creature coperte di penne come lei.

È proprio vero che io sono un gabbiano, soprattutto dopo una certa serata al teatro, a Lille. Il gabbiano fa uno strano verso, non si sa mai se rida o pianga. Aspetta le navi, aspetta sempre qualcosa. Come me.

44

Ho risposto: «Ciao». Dovevo avere un'aria preoccupata.

– Qualcosa non va? – ha chiesto Arnold.

– No, perché?

Camminavo tra le gabbie senza vederle.

– Mia madre...

– Che ha tua madre? È successo qualcosa?

– No, no, solo che domenica è il suo compleanno. La porto a Malo-les-Bains.

– Che bello, gabbiano! È una bella idea. Perché proprio Malo-les-Bains?

– Così.

Mi ha parlato di Malo-les-Bains, della diga, delle spiagge immense, delle dune. E poi Zuydcoote, Bray-Dunes e tutto quello che sapeva sulle migliaia di feriti alla fine dell'ultima guerra.

– È il mio primo giorno di vacanza.

Lui ha riso; poi l'ho visto alzarsi con aria di mistero.

– Puoi badare al negozio per cinque minuti?

Senza aspettare la risposta, si è avviato verso la porta strizzandomi l'occhio. È alto come mio padre, con i capelli castani, le tempie spruzzate di grigio. Si veste sempre allo stesso modo con un vecchio paio di jeans, un maglione o una t-shirt e un gilet sul quale appunta delle spillette ogni giorno diverse, un'infinità di spillette, contro il nucleare, contro la guerra, contro l'AIDS. Prima aveva una fidanzata che viveva a Berlino. Della sua vita non so altro, è come se non esistesse fuori dal suo negozio, come se gli bastassero gli uccelli. Una scala a chiocciola porta al suo appartamento, minuscolo, pieno di libri, di dischi, di vecchi apparecchi radio. Qualche volta ci sono entrata. Potrei viverci, se me lo chiedesse.

È uscito gettandosi sulle spalle il blouson con un gesto che mi ha ricordato Ricco. Ricco e lui, due mondi così distanti. Si sono incontrati solo perché, i giorni in cui Ricco veniva a prendermi a scuola, lo trascinavo lì quasi per forza. Solo dopo acconsentivo ad andare alla Brasserie du Nord. Gli imponevo ogni volta una visita guidata del negozio, snocciolavo fieramente tutti i nomi degli uccelli sotto lo sguardo complice di Arnold che mi diceva brava: avevo imparato bene la lezione. Ricco si aggirava per il negozio. Per lui ero una tale seccatura che acconsentiva, ben contento di far passare una mezz'ora. Sempre tanto di guadagnato.

– Perché pensa sempre agli uccelli, la bambina? – aveva detto una sera a mia madre.

– Gli uccelli non c'entrano, è che Arnold sa prenderla per il suo verso.

– Perché dici così?

– Per nessuna ragione, perché me lo hai chiesto.

Arnold è tornato con una bottiglia di champagne. Ha detto:

– Bisogna brindare a questi primi mesi di lavoro!

Ho dimenticato Delplat, ho dimenticato tutto. Stavo bene. Le cose si mettevano decisamente male per il cinema. Non sapevo se avrei telefonato a Steph, non avevo nessuna voglia di sentirlo brontolare. Avrebbe pensato che era un capriccio da donna incinta. Gli avevo detto che ero incinta, così, tanto per provare: per vedere quello che avrebbe fatto. Lui vuole che lo teniamo, che ci mettiamo insieme. Il problema è che non sono incinta. Per fortuna. «Ci mancherebbe altro!», direbbe mia madre.

Il tappo è saltato, la gracula si è rifugiata al piano di sopra. Abbiamo brindato alla vita, a una vita da grande: la mia, a quanto pare. Arnold rideva, mi prendeva per le spalle. È salito in camera sua per mettere un po' di musica. Sentivo la voce di Suzanne Vega, una delle sue preferite. Riconoscevo il pezzo che mette sempre per primo, *Marlene on the wall*.

Già, il muro di Berlino. Me lo ha spiegato cento volte, e poi la sua fidanzata di laggiù e altre cose troppo complicate.

Un giorno ho detto che anche mio padre era andato a Berlino. Tutte quelle città lontane… Lui pure mi aveva dato il nome di un uccello: per lui ero la sua colomba. Ma questo non l'ho detto a Arnold. Io sono un gabbiano e basta.

«Un altro bicchiere…»; non ho detto di no. La spuma dello champagne traboccava spandendosi sul tavolo. Pensavo a Delplat. (*Credo che adesso somigli a una balena spiaggiata in un mare minuscolo. Deve essere brutto e bianco come le piastrelle di ceramica intorno alla vasca. Freddo anche lui. Freddo*).

Avvicinavo il calice all'orecchio. Poco prima all'impasse Beauséjour, mentre ero china su Delplat, avevo sentito lo stesso rumore: l'impercettibile crepitio della schiuma profumata di violetta.

Guardavo le bollicine scoppiare festosamente nel bicchiere: dovevo avere un'aria strana.

– Che ti succede? – ha detto Arnold.

– Questo non profuma di violetta – ho risposto

– Perché mai dovrebbe profumare di violetta?

La voce dolce di Suzanne Vega calmava gli uccelli che spesso, di sera, sono agitati come se avessero paura della notte, di quel lungo e oscuro passaggio fino alla luce di un altro giorno. La gracula si è avvicinata scendendo un gradino dopo l'altro, guardinga come sempre quando fa qualcosa. Fischiava il motivo della canzone, improvvisava, inseriva le parole che sapeva con una sorta di esultanza. È andata a posarsi sul bicchiere di Arnold e ha immerso il becco giallo nello champagne.

Stasera resterò qui per un bel pezzo, mi dicevo in una strana nebbia.

– Perché piangi?

La voce di Arnold si era fatta dolce.

Sentivo quelle parole come se fossero venute da lontano, dalla mia vita di prima, la vita di quando ero piccola. Piangevo per quel profumo di violetta che mi perseguitava da quando ero stata all'impasse Beauséjour, per mia madre a cui non piaceva vivere sola con me, per Berlino dove forse stava ancora mio padre.

Non c'era più champagne, ho detto a Arnold che non potevo fermarmi. Dovevo andare alla stazione a comprare i biglietti. Biglietti per Malo-les-Bains. Grazie all'impasse Beauséjour...

La casa di Delplat era immersa in un silenzio totale. Dal vestibolo si accedeva a un salotto. Ho chiesto se c'era qual-

cuno, ho insistito, nessuno ha risposto. Lui poteva essere in fondo al giardino, perché no?

Sono rimasta un momento al centro della stanza, poi ho visto un gatto bianco scendere la scala di legno. Si è strusciato contro le mie caviglie ed è andato ad acciambellarsi su un cuscino. E se Delplat fosse un po' sordo? ho pensato. Se stesse al primo piano?

È passato un po' di tempo prima che mi decidessi a salire le scale...

– Il treno non arriva fin lì, si ferma a Dunkerque. Dopo bisogna prendere il pullman. Allora, che volete fare? – ha detto l'uomo dietro il vetro.

– Due biglietti andata e ritorno per Dunkerque.

Ho tirato fuori le banconote da cento franchi, le ho stropicciate tra le dita e ho pagato.

Fuori nevicava. Camminavo in fretta, pensando al giardino dell'impasse Beauséjour. Se il gatto fosse uscito, sul terreno bianco nessuno lo avrebbe visto, ma ci sarebbero state le tracce delle sue zampe, degli zig-zag disperati intorno alla casa silenziosa. Eppure non m'importava. Ero felice, avevo in tasca una bella domenica. E a un tratto m'è tornato in mente un ritornello, quello che mia madre e le sue amiche avevano scritto un sabato pomeriggio in occasione dello sciopero:

Delplat, che effetto ci fa
Quella tua faccia adorata.
Delplat, non fidarti mai
Delle nostre mani di fata...

Lo canticchiavo camminando sull'orlo del marciapiede. Le rivedevo in cucina: ridevano come matte mentre inventavano quella canzone. C'era Louise, naturalmente, e sua sorella Christine che portava ancora il braccio al collo dopo l'incidente, e poi Nicole, Annie, Marie-Claude e Bernadette, che avrebbe avuto dei guai solo più tardi. Insomma c'era tutta la banda di mia madre. Era sabato e lo sciopero era fissato per il lunedì seguente.

A metà del pomeriggio doveva venire il rappresentante sindacale di un'altra fabbrica, per dare delle spiegazioni e portare dei volantini. Marie-Claude, che lo conosceva, diceva che era bello e le altre chiedevano dettagli. Facendosi la messa in piega e bevendo caffè, continuavano a scherzare su quel Georges che doveva arrivare da un momento all'altro. L'amore e gli uomini erano spesso al centro delle conversazioni del sabato pomeriggio. Quello era un sabato particolare, ma c'era anche un uomo che stavano aspettando e ognuna, senza parere, cercava di presentarsi nel modo migliore.

Nicole, ricordo, non approvava che una persona estranea alla fabbrica venisse a insegnare come comportarsi; pensava che lo sciopero riguardasse solo loro: anche se non erano sindacalizzate, sapevano quel che facevano e perché lo facevano. Le altre rispondevano che era meglio farsi consigliare; sicuramente ci sarebbe stato da lottare e tutto quello che poteva servire a renderle più agguerrite era bene accetto.

Ricco, come ogni sabato, aveva accompagnato i suoi musicanti. Di solito mamma lo raggiungeva la domenica, talvolta anche il sabato sera, ma quella volta no. Da quando non ero più una bambina, non partecipavo più a quelle spedizioni e non ero più affidata ad Arnold. Me la cavavo benissimo da sola.

– Perché questa volta no? – aveva protestato lui.

– Ma te l'ho detto, Ricco, c'è da preparare lo sciopero, è importante, dobbiamo essere tutte presenti. E poi deve venire una persona a darci dei consigli: dei consigli per la delegazione di lunedì.

– Non mi piacciono le donne che si occupano di politica, di scioperi e di cose simili. (Lui aveva alzato la voce).

– Ma perché? Insomma, che vai dicendo? (Anche mia madre gridava).

– Dico quello che mi pare. Ciao!

Robert Mitchum era morto. Era estate, una strana stagione per morire e anche per scioperare. A questo pensavo mentre le sentivo comporre il ritornello e discutere tra loro per stabilire quale fosse il più bel film dell'attore scomparso. Alla radio qualcuno aveva suggerito *La morte corre sul fiume*, ma loro non erano d'accordo; del resto nessuna lo aveva visto. Preferivano quello in cui stringeva a sé Marilyn Monroe, *La magnifica preda*, che la televisione aveva trasmesso il giorno prima, all'annuncio della sua morte.

Nonostante le preoccupazioni per la fabbrica, Annie aveva portato delle riviste per scambiarle con Marie-Claude e Bernadette. Mamma e Louise la prendevano sempre in giro. Erano tutte storie d'amore: *Segreti d'amore*, *Fiamma d'amore*, *I fuochi del desiderio*, *La ribelle*.

Ogni tanto Louise ne prendeva una e leggeva a voce alta, sottolineando le parole con la mimica:

«Rifugiarsi tra le sue braccia possenti... Che cosa chiedere di più alla vita?».

Dalla mia stanza le sentivo ridere e commentare; di solito si dimenticavano completamente di me. Un giorno, quando ero ancora piccola, avevo sentito mia madre dire una strana frase:

– Quel tale... credo che mi sia entrato nel sangue!

Probabilmente parlava di Ricco. Ero entrata in cucina; tutte le facce si erano girate verso di me e poi verso mia madre.

– Giusto, tu sei qui, piccola mia. Volevi qualcosa?

– No.

Ero solo preoccupata. Avrò avuto sì e no dieci anni. Non avevo notato niente di nuovo in mia madre, nessun cambiamento, e quella faccenda del sangue mi impensieriva. Sulle prime avevo pensato che aspettasse un bambino; in quel caso sarebbe stato logico dire che aveva il suo uomo nel sangue, aveva semplicemente un bambino nella pancia. Era un modo originale di esprimersi, molto più originale che dire: «Sono incinta». Ma nemmeno questo era rassicurante: non avevo nessuna intenzione di dividere mia madre con qualcun altro. Ricco mi toglieva già molto di lei, veramente troppo per i miei gusti.

La sera stessa le avevo domandato:

– È vero che aspetti un bambino?

– Che hai detto? Perché mi fai questa domanda? Lo vorresti? Ti piacerebbe avere una sorellina o un fratellino?

Mi ero chiesta che mai potesse averle fatto Ricco.

Georges Mallard è arrivato in ritardo, col suo cane e con l'aria di chi non ne può più, reggendo una scatola piena di opuscoli e di volantini.

– Salve, ragazze! Da Delplat è scoppiata la rivoluzione? Era ora! Non è mai successo niente in quella baracca. Al vecchio verrà un colpo apoplettico. Con i ritmi di lavoro che vi impongono, l'incidente di Christine e quell'imbecille di Legendre, non si sapeva fino a che punto potessero arrivare. Tutti si chiedevano che cosa aspettavate per svegliarvi.

– Sì, d'accordo, adesso però ci siamo svegliate! – aveva ribattuto seccamente Nicole.

Mallard ha letto il volantino; ricordo ancora certe parole: lotta, ritmi di lavoro, operaie, rivendicazioni, sfruttamento, solidarietà. Loro ascoltavano in silenzio; ero rimasta anch'io e giocavo col cane. Poi lui ha chiesto chi faceva parte della delegazione di lunedì.

– Suzy ed io – ha risposto Louise.

– Dovremmo vederci stasera, adesso non ho tempo, sono venuto solo a portare il materiale perché lo leggiate. Possiamo incontrarci qui?

Mia madre era d'accordo.

Georges Mallard se n'è andato.

– Niente di speciale il tuo sindacalista! Non è un Mitchum! – ha detto Bernadette a Marie-Claude. – E per di più si dà delle arie da capo. Si capirà subito che il volantino ce l'ha scritto qualcun altro, non mi piace passare per una stupida. Nicole ha ragione, si sa che scioperiamo per via di Legendre e delle voci che girano sulla chiusura. Non occorre che qualcuno lo dica al posto nostro.

– Non hai che da scriverlo tu stessa – ha risposto Marie-Claude.

– Io no, ma potrebbero farlo Suzy e Louise.

Louise ha acceso una sigaretta e ha guardato mia madre: hanno detto che ci avrebbero provato.

Hanno lavorato fino a sera. Usavano parole diverse da quelle di Georges Mallard: stanchezza, rispetto umano, amara delusione.

– Non si fa uno sciopero con i sentimenti, – aveva detto lui quella sera. – È una lotta, punto e basta.

A notte alta avevo sentito qualche brandello della discussione: le frasi secche e brevi di Mallard, quelle più esitanti di mia madre. Louise taceva. Quel pomeriggio avevo capito subito che Mallard non era insensibile al fascino di mia madre; quando parlavano le altre, ascoltava appena. Stava facendo di tutto per rimandare il più possibile il momento in cui, malgrado tutto, se ne sarebbe dovuto andare.

Era un uomo sui quarantacinque anni, massiccio, baffuto, con una pipa che spostava in un angolo della bocca quando doveva prendere la parola. Mi era antipatico; troppo sicuro di sé, troppo autoritario, un gallo in un pollaio.

A un certo punto ho riconosciuto mia madre. La sua voce all'improvviso era diventata più sicura. Sembra-

va che si rivolgesse a qualcuno, ma nessuno rispondeva. Mi sono alzata e ho visto Louise che annuiva col
capo seguendo il ritmo delle parole. Dopo mi hanno spiegato che stava ripetendo l'intervento del lunedì mattina, quando la delegazione sarebbe stata ricevuta in
direzione:

«... notte quando arriviamo, notte quando usciamo.
Che vita è mai questa, signor direttore? Cerchi di capire... il modo in cui ci rivolge la parola, signor direttore... e anche i quaderni... e il rumore, e quell'odore che rimane nei capelli e impregna anche i vestiti, signor direttore...».

– Forse potresti togliere «signor direttore» – aveva
suggerito Louise.

Mallard, prima di decidersi ad andarsene, aveva detto semplicemente:

– Dopotutto, ragazze, dovete dire quello che pensate.

La porta si era richiusa. Louise e mia madre erano
scoppiate a ridere.

– E tu che ne pensi di questo tipo?

– Male, come te.

*È stato il gatto a farmi venire l'idea di salire le scale.
S'è alzato di scatto e in un baleno è sparito al piano di sopra. L'ho seguito, ancora titubante perché non sapevo che
cosa avrei detto una volta giunta al cospetto dell'uomo.*

*– Signor Delplat? Sono Nina, non vi disturbate, se cre-
dete posso salire io...*

Seduto sull'ultimo gradino, il gatto mi osservava.

Quanti sogni ho fatto! Mia madre davanti a quella macchina che le rendeva la vita difficile, la metteva costantemente in pericolo, la costringeva a rischiare per non attirare su di sé i fulmini di Hervé Legendre. Lui era sempre là, accigliato, intento a scribacchiare qualche parola sul quaderno, a guardare l'orologio, a crollare la testa. Spesso, in quei sogni, mia madre stava immobile, di spalle. Non so perché mi apparisse così, senza volto. Quello di Hervé Legendre mi ossessionava, simboleggiava la minaccia, la terribile disgrazia che incombeva su di lei in tutti gli angoli della fabbrica.

Ricordo in particolare un incubo: dalla macchina, improvvisamente impazzita, uscivano dei lembi di stoffa che si accumulavano intorno a mia madre, ancora e ancora, fino a coprirla. Allora Louise correva in suo aiuto, sfidava l'autorità e si tuffava nel mucchio per estrarne il corpo dell'amica svenuta. Un'altra volta era mio padre che si avventurava fin là, sollevava mia madre di peso e la portava di strada in strada fino alla nostra casa, ma senza aprire la porta. Mi svegliavo di soprassalto e piangevo, ma non avevo mai il coraggio di dire il perché. Alla mamma raccontavo delle storie insulse con foreste impenetrabili e belve feroci.

Mi capitava anche di fare dei sogni più divertenti. Vedevo la fabbrica percorsa da schiere danzanti, oppure le operaie che si arrampicavano sulle macchine e facevano gli sberleffi al caporeparto mentre lui si sgolava inutilmente. Le giornate un po' folli dello sciopero, le strane notti in cui mia madre dormiva in fabbrica e Ricco vagava da un bar all'altro mi hanno fatto crescere di colpo, cancellando tutte le mie angosce. Vedevo mia madre lottare, resistere ai capricci delle macchine che a un tratto tacevano. La fabbrica sembrava una grande carcassa inerte, loro ne avevano avuto ragione. Ero fiera di mia madre.

Ripensavo al casco da minatore che mio nonno aveva posato sull'armadio della camera azzurra, nella casa di campagna, il giorno in cui era andato in pensione. Ricordavo anche le sue foto con i compagni appena usciti dal pozzo, neri come la notte. Di quelle cose lui parlava piangendo, perché era stato difficile, perché quella era la vita. La sua vita.

Per tutti quei giorni e quelle notti, mia madre mi ha stupito. Era talmente più forte del solito, malgrado il pallore e i cerchi scuri sotto gli occhi. Al mattino passava da casa in fretta per cambiarsi, fare una doccia e chiedere come stavamo.

Spesso Ricco era ancora a letto, io stavo quasi sempre per andare a scuola. Lei si sedeva di fronte a me, con una tazza di caffè, e restavamo un momento in silenzio. Mi sorrideva, le sorridevo anch'io. Vedevo nei suoi occhi qualcosa di nuovo, qualcosa di cui Ricco aveva paura perché non lo capiva.

– Si può sapere che combinate la notte là dentro? – aveva chiesto un mattino entrando in cucina come un forsennato. – Ve la spassate? Vi date alla pazza gioia?

– Non dire così, Ricco, cerca di capire – diceva mia madre.

Un'altra volta, alla stessa domanda aveva risposto:

– Con chi vuoi che facciamo l'amore, con le macchine? Col guardiano? Magari col cane?

– Non prenderti gioco di me!

– Esageri, Ricco, non fare così, lo sai che ti amo.

Uno degli ultimi giorni, però, il tono era cambiato. Ho sentito mia madre mormorare:

– Povero stupido!

E ho sentito anche lo schiaffo che lui le aveva mollato.

Non dimenticherò mai quei giorni. Ero sola con quell'uomo che viveva in casa nostra da anni e che non aveva mai fatto il minimo sforzo per fare amicizia con me. Andava a letto con mia madre e basta. Solo all'inizio, durante i primi mesi, era stato diverso. Ci portava in giro nella sua vecchia Mercedes bianca che si guastava sempre. Andavamo spesso a Nogent-sur-Marne, dove abitavano i suoi parenti e tutti i suoi amici d'infanzia. Tra loro parlavano italiano, erano quasi tutti musicanti o muratori. Il padre e il nonno di Ricco avevano passato la vita nelle balere, il secondo al Casino du Viaduc, il primo da Convert, da Gégène e qualche volta anche al Grand Cavana; raccontava le notti passate a ballare con Tony Murena e con altri di cui non ricordo il nome.

Pranzavamo da Cesare, il padre di Ricco, poi andavamo a passeggiare lungo le rive della Marna. Gettavamo del pane alle anatre e guardavamo passare le barche che trasportavano intere famiglie sdraiate al sole.

A quel tempo mia madre era al colmo del suo splendore; c'era una sorta di mistero nei suoi occhi, qualcosa che tentavo di indovinare nel suo modo di ridere, nella forza che emanava da lei. A volte ci sedevamo sull'erba; il vecchio Renato, un amico di Cesare, suonava la fisarmonica. Ricco le teneva un braccio intorno alle spalle, io avrei voluto essere grande e innamorata.

Nelle belle giornate ci capitava anche di andare su una spiaggia, da soli o con tutta la comitiva: Louise, Bernadette, Annie e le famiglie. Erano delle domeniche un po' pazze, vere domeniche d'infanzia. Mia madre aveva un costume da bagno che le fasciava i fianchi e il seno. Ricco non aveva occhi che per lei, le andava sempre dietro, si sdraiava al suo fianco, le spalmava l'olio solare, le toglieva di dosso la sabbia. In mezzo ai giochi e alle conversazioni degli altri, loro due erano come su un'isola deserta e io una creaturina sperduta. Gli altri mi portavano a fare il bagno, mi compravano il gelato: ero circondata da adulti premurosi. I bambini mi lasciavano indifferente; avevo scelto il campo degli adulti. Mi sembrava prudente tenermeli vicini, mi sentivo un po' smarrita.

In un certo senso preferivo quando partivamo noi tre soli. Chissà perché, quei momenti mi sembravano più autentici. Mia madre si dedicava di più a me, e in mezzo a una folla di sconosciuti sembravamo una famiglia come le altre. Non era vero, ma mi piaceva far finta che lo fosse. Mi chiedo se fare finta non sia sempre la cosa migliore.

Berck. Una spiaggia immensa, chilometri e chilometri di sabbia fine. Wissant, con le graziose villette sulla duna che guardano da lontano il mare verde e grigio. Wimereux e Ambleteuse. Preferivo Wimereux, con le grosse case dei ricchi, le passerelle sulla spiaggia e la grande diga dove ci facevamo investire dal vento.

Quando andavamo a Wimereux, prima passavamo sempre a Boulogne-sur-Mer. Ricco adorava le barche, spesso diceva che se non avesse avuto la pista da ballo avrebbe fatto il marinaio. Restavamo a lungo a passeggiare sulle banchine, cercando le barche dei pescatori. A Ricco piaceva parlare con loro, faceva mille domande. A volte salivamo fino alla città alta, mescolandoci alla folla degli inglesi che passeggiavano, come noi, sui bastioni. In basso il porto brulicava di gente. Ricco ci portava fino alla torre e si metteva a cantare in italiano.

– Canti come un uomo felice – diceva mia madre.

Poi, un bel giorno, ho smesso di andare con loro la domenica. Preferivo Arnold e gli uccelli.

Durante lo sciopero, Ricco ha cominciato a passare fuori casa buona parte delle notti. I primi tempi faceva in modo di tornare verso sera. Mamma metteva per iscritto le direttive per i pasti e tutto quello che andava fatto quotidianamente. Al ritorno da scuola, mi mettevo all'opera e la sostituivo ai fornelli, per la spesa e le faccende. Ricco si limitava a fare il pascià e a lasciar cadere qualche osservazione su quello che c'era nei nostri piatti.

Un giorno non è tornato. Quando mia madre è rientrata al mattino come al solito, non le ho detto niente. Era sempre più pallida e non volevo che si preoccupasse. Una notte non era una tragedia. In fondo anche lei dormiva fuori. E poi mi sentivo molto più a mio agio senza di lui. Detestavo quel suo modo di sdraiarsi sul divano, di mettersi nervosamente le dita nel naso mentre guardava la televisione, di ruttare quando beveva la birra. Certe volte avrebbe potuto chiamarsi Momo, e la mamma non vedeva niente.

Non è tornato nemmeno l'indomani, ma era passato in giornata, mentre io ero a scuola e mia madre nella fabbrica occupata. Aveva lasciato sul tavolo gli avanzi di uno spuntino, senza fare nemmeno la fatica di mettere il piatto sporco nell'acquaio.

– Ricco dorme? – aveva chiesto lei la mattina dopo.

– È probabile – avevo risposto io.

L'ho vista dirigersi verso il salotto: sembrava che sapesse qualcosa. Ha aperto la porta, ha mormorato «farabutto» e si è rifugiata nel bagno. Sotto la doccia, forse, ha pianto, ma quando è tornata in cucina non ho notato niente. Si è limitata a dire:

– Lui fa quello che vuole ma tu, per piacere, non dire bugie. Sapevi che non era tornato a casa. E ieri? Lo hai visto?

– No.

Quando sono arrivata di sopra, il gatto bianco mi è saltato alle gambe; pareva che volesse indicarmi la strada. Trotterellava davanti a me e ogni tanto si voltava per vedere se lo seguivo.

In fondo al corridoio, si è fermato davanti a una porta socchiusa. Di fronte c'era un'altra stanza con la luce accesa e la porta spalancata, ma il gatto l'ha ignorata ed è rimasto piantato dall'altra parte: era là che voleva farmi andare. Aspettava, questo mi faceva paura. Sono entrata nella stanza illuminata e ho sentito un miagolio di protesta.

La stanza era enorme: una camera da letto. Un armadio monumentale, degli specchi, delle dorature. Un copriletto di raso azzurro, abiti da uomo ammucchiati alla rinfusa su una poltrona di velluto. Accanto un paio di scarpe. Silenzio.

Il letto si rifletteva negli specchi dell'armadio, con un comodino per parte e le due lampade accese. Qualcosa ha attirato il mio sguardo: del merletto nero, degli indumenti intimi disposti ad arte, quasi a evocare un corpo di donna…

– Mocciosa!

Non occorreva sapere l'italiano per capire che era un insulto. La parola schioccava come uno schiaffo. Ricco non me ne aveva mai dati. Era convinto che riferissi per filo e per segno a mia madre ogni suo movimento. Ho negato, ma non c'era verso di farsi ascoltare. Non sopportavo che parlasse di lei dicendo «tua madre». Da quando era cominciato lo sciopero lo faceva spesso, e io capivo che intendeva restituirmela, come si getta via qualcosa che non serve più.

Ne avevo abbastanza di fare da tramite tra loro due, di non avere un'esistenza autonoma ai loro occhi, di essere costretta ad assistere continuamente ai loro litigi. Una sera nemmeno io sono tornata a casa. È stato la sera in cui Arnold mi ha portato al teatro.

Lo conoscevo da molto tempo, da quando la mamma mi affidava a lui, la domenica, per seguire Ricco e la sua pista da ballo, ma ormai non andavamo più in giro insieme come prima. Stavo crescendo. Erano finite le domeniche in cui partivamo la mattina presto e mangiavamo dove capitava, provviste comprate lungo la strada o una porzione di frutti di mare in un ristorante della costa. Quando Arnold mi prendeva per mano, ero felice come al tempo in cui andavo a paste in cima alla torre di vetro, là dove mio padre baciava Elisa. (Credeva che non lo vedessi; io invece lo vedevo, ma come se fosse stato altrove, molto al di sopra della città che si apriva davanti ai miei occhi, caos immenso da cui spuntavano dei monumenti che conoscevo a memoria perché lui non faceva che ripetermene il nome). Arnold invece parlava sempre degli uccelli e io provavo di nuovo quell'impressione di appagamento, quella sensazione così forte di intimità e di amore. Sono entrata nel negozio all'ora in cui lui di solito copre le gabbie e si prepara a salire nel suo alloggio.

– Stasera ho un po' fretta, vado a Lille, al teatro. Bisogna che ti ci porti un giorno o l'altro, che ne dici? Scommetto che ti piacerebbe.

Come faceva a conoscermi così bene? Quasi non l'ho lasciato finire. Ho risposto:

– Stasera.

– Ma tua madre...

– Ti prego. Lo sai, mia madre per ora non dorme a casa e di notte non c'è nemmeno Ricco... Portami con te.

Ha ceduto. L'ho aiutato a riordinare il negozio. Abbiamo mangiato una zuppa pronta nel suo minuscolo appartamento e siamo saliti in macchina diretti al teatro di Lille.

In piedi, nella camera dove erano stati abbandonati gli abiti che Delplat portava quella mattina stessa e che ora

65

erano ammucchiati su una poltrona, davanti a quella biancheria di pizzo disposta sul letto, ero nella strana fase in cui si aspetta lo spettacolo. Stava per succedere qualcosa che avrebbe scatenato il panico, come quando, nel portico interno, gli attori si toglievano gli abiti di tutti i giorni per indossare i costumi di scena...

Avrei voluto sedermi, e invece sono rimasta immobile al centro di quella stanza dove stagnava un odore indefinibile. Non sapevo che cosa stessi aspettando, o meglio lo sapevo: aspettavo che mi venisse il coraggio di uscire di lì...

Per me il teatro era la grande recita scolastica: tutti a sedere sulle panche, eccitati, irrequieti, alcuni in preda a un'ansia che li faceva piangere. Le maestre si sgolavano: «Silenzio! Silenzio!». Noi ci spingevamo l'un l'altro, ci passavamo vecchi chewing-gum masticati e tenevamo d'occhio i paraventi dietro i quali si nascondevano gli attori. Due, di solito.

Io mi mettevo sempre vicino a Steph. Mi piaceva. Ogni tanto mi voltavo dalla sua parte per guardare la sua bocca tremante, i suoi occhi sgranati; gli prendevo la mano e gli dicevo che era tutta una finta, che l'orso non era morto per davvero e neppure la principessa.

Dopo la recita, avevamo il permesso di restare seduti sulle panche per assistere allo smontaggio della scena: mi piaceva quasi quanto lo spettacolo. Gli attori, ancora in costume, ridiventavano persone comuni, facevano gesti normali: ripiegavano paesaggi, fortezze, giungle misteriose e nuvole da cui faceva capolino qualche Babbo Natale. Poi, una volta riempiti i bauli, si toglievano i costumi. Poco a poco il portico si vuotava; noi restavamo lì come piccoli fantasmi disorientati e le maestre ci mandavano a giocare in cortile. In quei giorni non si facevano i soliti giochi, ma si prolungava il sogno che non si era ancora dileguato del tutto: decine di principesse e di perfidi maghi si aggiravano per la scuola fino a sera.

Per me era questo il teatro.

Lo spiegavo ad Arnold mentre filavamo nell'oscurità in direzione di Lille. E nel parlare intuivo che il mio teatro non aveva niente a che vedere con l'altro, quello che ci attendeva. Non avrei saputo spiegare il perché ma ne ero sicura, proprio come sapevo di non essere più la bambinetta seduta vicino a Steph nel portico della scuola. E da quando non lo ero più? Difficile a dirsi, erano passati parecchi anni, ma a un tratto mi sembrava che la trasformazione fosse recente, che risalisse a poco prima dello sciopero, forse al tempo dell'incidente di Christine. E a due mesi prima, quando avevo cominciato a lavorare nel salone di parrucchiere. Due mesi che già sembravano una vita…

L'incidente di Christine era successo un giovedì. Era anche un giovedì speciale: avevo l'influenza e, per una volta, Ricco cercava di essere premuroso: faceva le veci della tata. Il telefono aveva squillato nel bel mezzo di una sfida al gioco dell'oca. L'avevo sentito parlare alternando la sua lingua alla mia, come faceva spesso:

– Calme-toi, calme-toi! Ma tu sei… Che cosa? Come? Spiega.

Mia madre chiamava dalla cabina del guardiano della fabbrica. L'ambulanza doveva arrivare da un momento all'altro. Christine, la sorella di Louise. Tre dita.

– Tre!... Madonna!... Poverina...

E Ricco additando il telefono, aveva soggiunto:

– Sta piangendo.

Alludeva a mia madre.

– Arrivo subito – aveva detto infine.

Era andato da lei in fabbrica per consolarla. Si amavano ancora.

La sera tutta la banda si era riunita a casa nostra, tranne Christine, naturalmente. Tre dita della mano destra, una disgrazia terribile. Hervé Legendre, che non si smentiva mai, aveva continuato a dire che c'era anche una parte di responsabilità personale. Incidente sul lavoro, certo, ma anche errore di manipolazione. Delplat non si era mosso dall'ufficio. Louise non aveva resistito ed era rimasta parecchi minuti fuori dalla sua porta a bussare. Inutile. La segretaria, la signorina Parteau, una bionda che si faceva decolorare i capelli nel negozio dove lavoro, era andata a dirle che la smettesse di importunare il signor direttore. Louise aveva smesso. Niente poteva restituire a Christine le dita mozzate. All'uscita Delplat, impassibile, era in piedi dietro la finestra del suo ufficio. Farabutto.

Non me lo figuravo a vivere con un gatto, Delplat. Un gatto così bianco, così mite, che all'improvviso era riapparso nella stanza da cui non mi decidevo a uscire. Mi sono chinata tendendo la mano verso di lui. Faceva le fusa. Cominciavo a sentirmi un groppo in gola. Guardavo i merletti sul letto, le scarpe da uomo davanti alla poltrona e tutte le altre cose che riconoscevo, perché la mattina Del-

plat portava proprio quella camicia e quella cravatta. Ricordavo di averla fissata per darmi un contegno mentre lui parlava di mia madre e dei giovani che hanno bisogno di soldi. Una cravatta grigia stretta intorno al collo della camicia celeste.

A un tratto ho ripensato alla scatola rossa, quella che Ricco aveva portato dal Belgio per mia madre. Lei aveva alzato il coperchio e, sotto la sottile carta bianca, aveva trovato della biancheria nera.

– Questa non è roba da bambine – aveva detto Ricco ridendo.

A me aveva regalato della cioccolata.

È apparsa sulla scena, di fronte al pubblico, immobile sotto una colonna di luce che la teneva prigioniera. È rimasta così parecchi minuti, lasciando noi in un'attesa febbrile. Per parecchio tempo non ho sentito una parola del suo monologo: ero troppo presa da quella presenza così indifesa, così esposta ai nostri sguardi che la divoravano. La invidiavo, invidiavo quell'immagine che quasi mi bastava. Qualche volta anch'io avevo desiderato di essere guardata così, come un essere unico, fragile, patetico nel suo mistero. Non riuscivo a concentrarmi su quello che diceva, ma ascoltavo come si ascolta una musica, esattamente come una musica. E così, senza fare veramente attenzione alle sue parole, senza sapere a che alludevano, ero in preda all'emozione, un'emozione così intensa da farmi tremare.

Di tanto in tanto coglievo una parola e mi abbandonavo alla suggestione: mi pareva di essere all'interno di quella parola, di farne parte. La donna allora diventava il mio doppio e provavo uno strano amore per me stessa e per lei. Per assurdo che possa sembrare, eravamo sul punto di fonderci in un unico essere. Mi chiedevo se tutto questo potesse apparire ridicolo e se, dopo lo spettacolo, sarei riuscita a parlarne con Arnold senza che lui mi prendesse in giro. Perché era una cosa molto seria e se lui non mi avesse capito ne avrei provato un dolore terribile. Ancora oggi conservo intatto il ricordo di quella serata, della melodia triste che risuonava nella voce dell'attrice, dei brividi che mi scuotevano riportandomi indietro al tempo della scuola, quando, stringendo la mano di Steph, a un tratto mi sentivo più forte.

Ad Arnold non ho spiegato niente: era veramente troppo complicato. Gli ho solo detto che anche io volevo recitare. Non ha riso del mio entusiasmo e mi ha ascoltato mentre gli spiegavo che cosa intendevo fare. Di lì a qualche mese avrei lasciato la scuola; non avrei fatto la parrucchiera, ma l'attrice. Solo monologhi, solo opere con delle luci come quelle che rendevano così intenso ed emozionante lo spettacolo appena finito.

– Ah! Questa sì che è una notizia! – ha detto lui in tono un po' ironico. – Ma lo sai che ti chiami come la protagonista di un'opera di teatro?

– Davvero?

– Proprio così. In un dramma di Čechov c'è una donna che si chiama Nina. Sogna di diventare attrice, ma soprattutto sogna qualcosa di diverso, di lontano, qualcosa che possa dare un senso alla sua vita. Veramente un magnifico personaggio. Scommetto che anche il titolo ti piacerà.

– ... E sarebbe?

– *Il gabbiano!*

L'indomani mattina, mentre mia madre ed io, sedute alle estremità del tavolo, tentavamo di svegliarci, mi è venuto in mente di domandarle perché lei e mio padre mi avessero dato proprio quel nome. Conoscevano il dramma? Probabilmente no.

– A proposito, perché mi avete chiamato Nina?

Rivedo ancora la sua aria sbalordita.

– Ma che vai dicendo?

– Perché proprio Nina?

– Fai certe domande, la mattina! Che vuoi che ne sappia?

– Eppure siete stati voi a scegliere questo nome. Forse è stata un'idea di papà.

– Chi, tuo padre? Un'idea? Senti, tesoro, non lo so, è capitato così, per caso. Non ti piace più il tuo nome?

– Non è per questo; semplicemente volevo saperlo.

– Non c'è niente da sapere, i nomi sono una cosa abbastanza misteriosa. Secondo me ti sta benissimo. Hai visto Ricco, ieri sera?

Non potevo essere in collera con lei. Era talmente chiaro che era stato il caso a gettarmi là, in quella vita, con quella madre. In un certo senso riconoscevo che nemmeno lei c'entrava, nemmeno lei aveva scelto. Nina per caso, tutto qui.

Con Arnold non abbiamo mai più parlato del teatro, ma lui continua a chiamarmi «gabbiano»: sa bene che sono come la Nina di Čechov e che il lavoro da parrucchiera è una specie di finzione nell'attesa di qualcos'altro. Ha fiducia in me, altrimenti non mi chiamerebbe così. Un giorno succederà qualcosa. Magari oggi stesso.

... Mi sono avvicinata alla finestra e l'ho aperta. Una folata di aria fresca ha invaso la stanza; l'odore di terra umida mi ricordava il giardino di Léon.

Impossibile che Delplat fosse là fuori. Doveva essere in casa, là dove il gatto cercava in tutti i modi di attirarmi... Ho richiuso la finestra.

– È gravissimo quello che è successo oggi. Gravissimo! – aveva detto mia madre il giorno in cui Bernadette Chaulon era stata accusata di furto.

All'ora dell'uscita, Legendre era piombato nello spogliatoio senza darle il tempo di aprire l'armadio e le aveva ordinato di tirare fuori la borsa e di vuotarla! Una cosa simile non era mai successa prima: nessuna operaia della fabbrica era stata umiliata in quel modo. Bernadette aveva aperto la borsa e Legendre gliel'aveva strappata di mano scuotendola per farne cadere il contenuto. Proprio in fondo c'erano due pullover ancora senza rifiniture e uno scampolo di lana. Le operaie del quarto reparto erano tutte presenti e Legendre, raccogliendo i pullover e lo scampolo, aveva invitato Bernadette Chaulon a seguirlo nell'ufficio di Delplat.

Tutto questo avveniva poco dopo la fine dello sciopero. Qualche giorno prima, Delplat si era alzato in piena assemblea gridando:

– Adesso basta! Tornate ai vostri posti! È ora di smetterla con questi sotterfugi!

Legendre, sempre alle sue costole, approvava con cenni del capo; poi s'era fatto coraggio e aveva ripetuto l'ordine di Delplat:

– Adesso basta! Al lavoro!

Bernadette Chaulon aveva detto a voce bassa, ma abbastanza forte da farsi sentire:

– A cuccia i cani!

Una salva di risate e di latrati e alla fine il prolungamento dello sciopero. Un altro giorno.

Il colloquio tra Legendre e Bernadette era durato parecchio. Fuori, per la strada, tutte le altre aspettavano che uscisse per sapere come era andata.

– Sospesa! Tre giorni.

Come al solito, tutta la banda si era riunita a casa nostra. Mia madre aveva preparato fettuccine per sette persone e durante tutta la cena la rabbia aveva continuato a crescere, a crescere. Avevano chiamato Georges Mallard, che era arrivato subito con un fascio di carte sotto il braccio. Bernadette era tornata a casa per non far impensierire il marito.

L'indomani, a metà del pomeriggio, questi era andato a prendere il bambino a scuola e poi, insieme a lui, si era piantato sotto la finestra di Delplat con un cartello sul quale era scritto «BERNADETTE È UNA DONNA ONESTA, È SUA MADRE E MIA MOGLIE». Niente grida, niente gesti: si era limitato a tenere alto il cartello sotto la pioggia battente.

Per più di un'ora Delplat, che ogni tanto si accostava ai vetri e dava un'occhiata alla scena, non aveva avuto il coraggio di affrontare Gérard Chaulon. Sapeva benissimo che Legendre aveva voluto vendicarsi. Dopo

tre giorni Bernadette era stata riammessa fra i batti-
mani delle altre.

Sembra proprio che oggi mia madre si faccia aspettare. Stamattina non ha lasciato scritto che avrebbe fatto tardi o che sarebbe andata da qualche parte. «Buona giornata, tesoro, goditi questo giorno di vacanza»
è tutto quello che ho potuto leggere sulla pagina strappata dal quaderno a spirale. Sapeva già che stasera sarebbe tornata tardi? Perché non telefona?

Chissà se hanno notato che Delplat non si è mostrato alla finestra dell'ufficio. Chissà se la governante ha
dato l'allarme perché aveva dimenticato qualcosa nella casa dell'impasse Beauséjour ed è dovuta tornare indietro...

*Alla fine mi sono decisa a entrare nell'altra stanza, fio-
camente illuminata dallo spot fissato al di sopra del lavabo. Era una stanza da bagno. La vasca era piena di acqua
saponata; Delplat, con lo sguardo vacuo, sembrava galleg-
giarvi dentro. Tutt'intorno stagnava un forte odore di violetta. Automaticamente ho detto buongiorno: lui non ha
risposto, ma mi aveva sentito. Le sue dita si sono mosse
appena sullo smalto bianco: un gesto che era una richiesta di aiuto.*

*Lo fissavo incredula. Non avevo paura d'incontrare
quello sguardo di cui parlavano tutte, quegli occhi infos-
sati tra le palpebre rugose. Occhi che ogni sera, da dietro
le tende dell'ufficio, sorvegliavano l'uscita delle operaie.
Occhi che non avevano versato una lacrima quando la so-*

rella di Louise aveva avuto quello stupido incidente, tre dita asportate dalla cesoia meccanica. Tre dita della mano destra.

Occhi che un giorno avevano fissato impassibili un uomo e il suo bambino in piedi sotto la pioggia, con un cartello alzato.

Lo guardavo come si guarda un'ombra irreale, un'immagine indistinta riflessa nell'acqua di una vasca. La schiuma e il profumo acuto di violetta mi davano la nausea. L'idea di andar via nasceva e subito dopo si cancellava. Non era quello che dovevo fare, non potevo battermela così, dovevo ascoltare quello che si agitava in fondo ai miei pensieri e che non riuscivo a mettere a fuoco perché mi faceva paura.

Legendre ha un quaderno con una matita, legata al-l'estremità di un cordoncino rosso che si può infilare in un anello pure rosso. Dicono che, quando passa tra le macchine, la tira fuori dall'anello per fare più presto. La matita pende e ballonzola all'estremità del cordone; lui, quando vuole annotare qualcosa, afferra il cordone, fa scivolare la destra fino in fondo e la prende mentre con la sinistra apre il quaderno. Sempre lo stesso quaderno con lo stesso cordoncino rosso: si direbbe che negli uffici della fabbrica ce ne sia una provvista.

È da quando Legendre ha preso il posto di Lapardon che sento parlare di questi quaderni. Lapardon non li usava; all'occorrenza si limitava a parlare sottovoce ora all'una, ora all'altra. Da quando è comparso il suo successore, sono tutte terrorizzate all'idea che il loro nome possa comparire su una di quelle pagine. Si perdono in supposizioni su quello che può esserci scritto, perché secondo loro l'operazione dura un certo tempo. Legendre, fermo davanti a una macchina, osserva l'operaia intenta al lavoro e scrive per parecchi minuti; poi passa a un'altra. Eppure quello che avevano immaginato era molto lontano dalla realtà.

Un sabato pomeriggio Nicole è arrivata a casa nostra e ha posato il quaderno sul tavolo di cucina. Io ero in camera mia; le ho sentite gridare e ridere e mi sono precipitata per vedere che succedeva. Nicole, seduta sul bordo del tavolo col quaderno in mano, ha cominciato a leggere:

Posto 4, la cicciona, grosso culo, grossi seni,
troppo molle, troppo lenta, avvertimento.

Mia madre mi ha rispedito in camera mia.
Silenzio.

Posto 7, la nuova, scontrosa e eccitante,
bel fondo schiena ma rendimento mediocre.
Possibilmente sorvegliare da vicino.

La lettura è andata avanti per un pezzo; a un tratto mia madre ha gridato: «Smettetela! Ne ho abbastanza di queste porcherie!». In quelle pagine erano citate tutte. Quando è arrivato il suo turno si è levato un mormorio. Poi di nuovo un lungo silenzio.

Attraverso certi brandelli di frase, ho capito che disegnava le donne e le disegnava nude. Sentivo man mano crescere la loro rabbia; poi ho riconosciuto la voce di Louise:

– Passami quel quaderno, adesso gli facciamo il ritratto a quello schifoso. E senza risparmiare i commenti.

Era stravolta come non l'avevo mai vista.

Mamma ha aperto la porta della mia stanza e mi ha spedito dal panettiere a comprare dei cornetti, visto che l'indomani era domenica. In realtà preferiva che non ci fossi: avrebbero detto cose terribili. Sono uscita e al ritorno, da dietro la porta, le ho sentite ridere. Marie-Claude stava leggendo tutte le perfidie che erano riuscite a inventare per scriverle sotto al disegno. Parole taglienti.

Il lunedì mattina, Nicole ha timbrato il cartellino con molto anticipo ed è riuscita a rimettere il quaderno là dove lo aveva trovato: nella tasca del camice grigio che Legendre aveva dimenticato appeso all'attaccapanni, vicino agli uffici. Lui non si è fatto vedere per tutta la giornata; si è presentato solo l'indomani, con un quaderno nuovo. Dapprima ha girato tra le macchine senza aprire bocca, poi si è avvicinato a Nicole e col dito ha accennato in direzione del suo ufficio.

Un momento dopo lei era di nuovo al suo posto; la questione si è risolta solo negli spogliatoi. Un'operaia del reparto 4 l'aveva vista e lo aveva riferito a Legendre. Le altre l'hanno aspettata all'uscita e hanno fatto ala al suo passaggio perché la sua vergogna non fosse dimenticata tanto presto.

Non so per quanto tempo sono rimasta impietrita a fissare il corpo inerte nella vasca, ripensando a quella scena e anche all'idea che m'ero fatta della fabbrica: un mondo solido e inquietante dove c'erano macchine potenti e pericolose, capi, regolamenti, incidenti, ritmi di lavoro sempre più frenetici, cancelli, squallidi spogliatoi sotterranei, motori, turbine, odori che impregnano gli abiti e grida per farsi sentire perché il rumore fa venire il mal di testa, e ferro e cemento e mura troppo alte...

E non è tutto perché, anche dopo la fabbrica, c'è ancora e sempre la fabbrica. Di lei parlano le strade, i giorni della settimana, la domenica corta, sempre troppo corta, che non lascia neppure il tempo di dimenticarsene per un po'.

Delplat era là, nella vasca, come se non avesse saputo niente di tutto questo, come se fosse stato solo un uomo in pericolo, fragile e patetico; voleva farmi credere di essere altro da quello che era. Muoveva le dita bianche e grassocce, dita quasi morte.

– Non me ne importa niente, – gli ho detto con voce calma. – Non me ne importa assolutamente niente.

Quando entrava dal parrucchiere, lui era il padrone della fabbrica dove lavorava mia madre: portava una giacca un po' gualcita, una cravatta, un orologio dal quadrante d'oro; aveva l'aria del capo perché noi sapevamo chi era. E quando la sua governante veniva a rifarsi l'acconciatura, la signora Lemonier chiedeva con la sua voce più melliflua, la voce da commerciante:

– E il signor Delplat? Va tutto bene da lui?

– Non è sempre facile, sapete… – rispondeva la signora Duriet. – Non posso andarci tutti i giorni; faccio le cose più importanti.

E giù a chiacchierare.

Chissà che sorpresa lunedì mattina per la signora Duriet!

Ho chiamato il gatto, ero stufa di stare sola. In un angolo c'era una seggiola; mi sono seduta. Tutta quella commedia era ridicola. Mi sono rialzata e l'ho scagliata contro il muro. Delplat ha avuto un sussulto, l'ho visto bene. Non vuole morire, ho pensato. Mi sentivo accapponare la pelle.

Sono le otto di sera. Di fronte, le finestre dell'albergo si illuminano l'una dopo l'altra. Alcune di quelle camere resteranno buie: gli occupanti sono ripartiti dopo una settimana di lavoro. Fra tutti gli uomini che vanno e vengono, che io osservo e qualche volta invidio, alcuni non sono più degli sconosciuti. Penso a Paul e a Bob, allo strano periodo in cui eravamo appena venute ad abitare qui e io ero convinta che un giorno mio padre sarebbe apparso dietro le tendine per farmi un segno. Per me quell'albergo era un mondo mutevole ma alla nostra portata, un'apertura, una possibile via d'uscita.

Una di quelle sere, mia madre è arrivata a casa seguita da un uomo che portava in spalla una bombola di butano. Era Paul. Aveva appena finito una consegna al supermercato dove lei faceva la spesa: vedendola spingere un carrello troppo carico, si era offerto di aiutarla.

Paul era gentile, allegro e sempre pronto a dare una mano. Dopo aver sistemato la bombola, si era guardato intorno e aveva trovato parecchie cose che non andavano. Era sparito per qualche minuto, poi era tornato con la cassetta degli attrezzi e si era messo all'opera prima ancora che mia madre avesse avuto il tempo di impedirglielo.

Dopo che aveva riparato la maniglia di una porta, piallato la finestra della cucina e cambiato le guarnizioni dei rubinetti, mia madre si era sentita in dovere di invitarlo a cena. Lui, da gran signore, aveva risposto che non se ne parlava neppure: ci caricava sul suo camion e ci portava al ristorante, a Lille. Invitava lui.

Di quella serata ho un bel ricordo. Mia madre ed io dovevamo stringerci per stare entrambe sul sedile del passeggero. Il camion odorava di fragole, di frutta tiepida e dolce. Dominando la strada dall'alto, filavamo allegramente come se fossimo partiti per una vacanza, costeggiando sulla sinistra l'immenso parco Barbieux e sulla destra le grosse ville che, con le luci accese, rivelavano qualche segreto.

Mia madre era un po' a disagio, ma io ero contenta di quella presenza. C'era in Paul qualcosa di semplice e di rassicurante. Guidando, raccontava la sua vita sul camion tra la Bretagna e il Belgio, la sua solitudine e l'impressione di non sapere dove, prima o poi, si sarebbe fermato. Sì, perché un giorno avrebbe pur dovuto fermarsi. Diceva che spesso raccoglieva lungo la strada degli animali feriti; li teneva fino alla guarigione e poi li riportava dove li aveva trovati.

Al ristorante mia madre s'era messa a parlare della fabbrica, delle difficoltà che incontra una donna sola costretta a lavorare e ad allevare una figlia, delle macchine rumorose e pericolose, di Legendre e del quaderno rosso.

– Quale quaderno rosso? – aveva detto Paul.

Leggevo nei suoi occhi che si stava innamorando di mia madre: più le ore passavano, più il suo amore cresceva. Non era molto tempo che avevamo lasciato Parigi, forse quattro o cinque mesi, e non era facile per me rinunciare a mio padre, ma quell'uomo mi piaceva: indovinavo la sua forza, la sua dolcezza.

Dopo il ristorante, eravamo tornati a casa; lui aveva preso una camera allo Splendid. Quando ci siamo salutati davanti al portone, ho visto che tratteneva una mano di mia madre tra le sue. Ha detto:

– Passo di qui la settimana prossima, venerdì. Se volete, possiamo andare al mare.

Io spiccavo salti di felicità sul marciapiede e mia madre non aveva potuto dire di no.

La settimana dopo nel camion non c'era profumo di fragole, ma un tenace odore di pesce. Era arrivato troppo tardi per passare da casa ed era salito direttamente nella sua stanza, allo Splendid. Il sabato mattina aveva suonato il campanello molto presto; lo avevamo trovato davanti alla porta con le braccia cariche di cornetti e di fiori.

Dopo un'allegra colazione eravamo risaliti sul camion per dirigerci verso la costa. Lui raccontava la sua vita sulla strada, mia madre parlava poco e si lasciava trasportare altrove, io pensavo a lei che forse avrebbe potuto rifarsi e rifarmi una vita. Ogni tanto la guardavo cercando di indovinare le sue intenzioni, ma lei, come se avesse saputo quello che mi passava per la testa, mi baciava sul collo. Io allora ridevo, e anche Paul rideva, e avrei voluto che mio padre fosse stato con noi e che tutti avessimo potuto ridere e cantare su quel camion della domenica.

La prima volta avevamo viaggiato tutta la giornata. Dal cielo grigio cadeva una pioggerellina insistente, le raffiche di vento quasi sollevavano il camion. Il cielo e il mare si confondevano. Mi avevano dato il permesso di fare una corsa sulla spiaggia mentre loro due si raccontavano la storia della loro vita. Li vedevo, seduti sulla duna: Paul faceva ampi gesti, mia madre guardava il mare. Avevamo trovato un posticino tranquillo per pranzare e là avevo fatto a Paul una domanda:

– Dov'è tua moglie?

– È morta.

Non so perché avessi fatto quella domanda, forse per essere sicura che, in fin dei conti, niente lo costringeva a ripartire: volendo, poteva restare con noi e all'hotel Splendid.

Mia madre mi aveva lanciato un'occhiataccia e Paul aveva detto con molta dolcezza:

– Era una donna coraggiosa.

Ci sono state molte domeniche con Paul: tutto l'inverno e buona parte della primavera. Allo Splendid aveva sempre la stanza 32 e ogni tanto, la domenica mattina, mia madre andava a prenderlo. Si fermava parecchio tempo. Io li aspettavo giocando e poi, quando finalmente li sentivo arrivare, mi precipitavo in cucina. Spesso Paul stava baciando mia madre. Diceva:

– Hai una bella mamma! Permetti che la baci un po', vero?

– Solo un po' – rispondevo io.

Sulla spiaggia non si metteva mai in costume da bagno, non si toglieva le scarpe e i calzini, sudava come una fontana e spesso andava ad aspettarci sotto un ombrellone, vicino a un chiosco. Ogni tanto mi costruiva un castello di sabbia, oppure faceva lunghe passeggiate da solo, in riva al mare. Si arrotolava i pantaloni per non bagnarli e teneva le scarpe in mano. Mamma lo prendeva in giro. Lui rideva e rispondeva che i costumi da bagno erano fatti per le belle donne come lei e non per gli elefanti come lui. Aveva fabbricato per noi una cabina smontabile e la teneva sempre nel camion, fino al giorno in cui un colpo di vento l'aveva sollevata e scagliata lontano, come una vecchia carcassa o un relitto alla deriva.

Era più vecchio di mia madre e lei non ne parlava con nessuno. Solo con Louise, perché lei era la sua amica d'infanzia e si dicevano tutto. Ancora non esisteva la banda del sabato pomeriggio, eravamo nuove del quartiere. Non ne parlava nemmeno con i nonni, che ogni tanto andavamo a trovare, di solito nei giorni in cui Paul non poteva venire perché faceva un giro troppo lungo, una settimana su tre.

Un sabato, contrariamente al previsto, non è venuto ma la mamma non si è preoccupata: ha detto che nel suo lavoro dovevano capitare molti contrattempi e che sarebbe semplicemente arrivato più tardi, in nottata. L'indomani mattina è andata all'hotel Splendid, ma lui non era nella stanza 32, non era in nessuna stanza. I giorni e le domeniche passavano e io dicevo a me stessa che Paul doveva aver preso chissà quale strada, una strana strada che l'aveva portato a perdersi. Uno dei suoi colleghi, fatta una consegna al supermercato, è venuto a dare la notizia alla mamma: è passato da casa nostra e le ha detto:

– Paul ha avuto un incidente in Bretagna. Dovrà restare parecchie settimane all'ospedale e così ho pensato che... mi parlava spesso di voi e della bambina.

– Siete stato gentile, – ha detto mia madre, – siete stato gentile a venire.

Si sono seduti a tavola e hanno bevuto qualcosa. Nessuno parlava; poi mia madre ha chiesto in quale ospedale era ricoverato e in quale città.

– In Bretagna, a Lorient.

L'uomo se n'è andato. Dalla finestra della mia camera l'ho visto entrare all'hotel Splendid, ma era impossibile che gli dessero la stanza 32, impossibile che anche lui ci portasse al mare. In ogni caso non avrei voluto, quell'idea mi ha perseguitata una parte della notte. L'indomani mattina mia madre ed io eravamo sedute al tavolo di cucina come al solito. Lei non è andata a cercare nessuno in quell'albergo, segno che niente era possibile con l'uomo venuto al posto di Paul.

Per giorni e giorni ho scrutato il suo viso sul quale non v'era ombra di tristezza. Ho fatto un disegno in cui il grigio del cielo e quello della terra si confondevano, con tre figure vicino a un camion fermo. Devo averlo ancora in qualche cassetto del guardaroba.

Ho acceso la prima sigaretta. Nel tenerla mi tremavano le dita. La cenere cadeva nel lavabo umido con lievi sibili. Non sentivo più quell'odore di violetta, inalavo il fumo e lo soffiavo fuori lentamente. Lui mi guardava, io lo guardavo. Non ero più la deliziosa Nina, ero la ragazza cattiva. Molto, molto cattiva...

Senza Paul, le domeniche erano di nuovo un po' vuote. Non andavamo ancora al mare e nemmeno a quel ballo che si teneva a Herzeele la domenica pomeriggio e del quale Louise parlava così spesso perché rappresentava un pezzo della sua infanzia. Cominciavamo appena a conoscere la città, a prendere il tram e a passeggiare per le strade di Lille, oppure nel parco Barbieux. Quando Paul è guarito, non ha più potuto fare viaggi così lunghi e non è più tornato a trovarci.

Poco a poco le colleghe di mia madre, tutte operaie della fabbrica Delplat, hanno preso l'abitudine di venire a casa nostra il sabato pomeriggio. Un caffè, due chiacchiere, un momento di relax dopo la settimana di lavoro e poi si passava alle messe in piega e alle tinture casalinghe. I bambini erano affidati alle nonne che abitavano nello stesso quartiere o vivevano addirittura insieme al resto della famiglia. Io rimanevo in camera mia a inventare dei giochi; ogni tanto andavo a sedermi insieme a loro al tavolo di cucina, tra riviste, boccette e conversazioni di ogni genere. Disegnavo, ascoltavo, mi sforzavo di capire il mondo degli adulti. Scoprivo dei tratti di carattere che mia madre non mostrava mai quando era sola con me. E non era neppure esattamente la stessa di quando vivevamo a Parigi con mio padre: lo vedevo dai suoi occhi, dalla sua voce, dai suoi gesti.

Verso sera, quando tutte erano tornate a casa, mia madre ed io aspettavamo che il nonno venisse a prenderci con la sua vecchia auto per portarci a passare la domenica in campagna. Quando abitavamo ancora con mio padre, a Parigi, ci si andava molto raramente. Lui non li poteva soffrire, oppure era il contrario, non ero riuscita a capirlo. A me piacevano le passeggiate in paese e nei dintorni, la casa disordinata, gli strilli della nonna, le manie del nonno. Mia madre aveva più pazienza con me, ma era triste a causa di qualcosa: qualcosa che sembrava cercare di continuo. Passava ore e ore in camera sua a rileggere i vecchi giornali che il nonno conservava e classificava, a frugare negli armadi, a riordinare le fotografie. Quando la nonna diceva che sarebbe stata meglio con Jeannot, quasi sempre lei scoppiava a piangere; allora la nonna la consolava. «Maledetta miniera!» gridava.

Io andavo in giardino con Léon. Lui mi spiegava perché un giardiniere deve essere paziente, perché la natura ha sempre ragione e come riesce a vendicarsi degli uomini. Restavamo così ore e ore, per lo più in silenzio. Guardavo le sue mani, le vedevo lavorare, sporcarsi, impugnare gli attrezzi, prendere la terra. Il suo vecchio corpo curvo andava e veniva per il giardino, incurante della stanchezza. Aveva riservato a me un piccolo spazio dove piantavo dei ravanelli, dei fiori. Quando la casa è stata venduta, quel minuscolo giardino è stato forse la cosa che ho rimpianto di più. Là ero sicura di essere amata, mi sentivo protetta da Léon, da quei luoghi dove mia madre era vissuta da bambina, dagli odori di cucina che uscivano dalla finestra dietro la quale si affaccendava la nonna, dal tranquillo disordine che regnava all'intorno. Era quello il posto dove volevo tornare.

Non si parlava molto durante quelle giornate in campagna. Ognuno aveva qualcosa da fare e i pasti, che di solito si prendevano in cucina oppure, d'estate, sotto la pergola, si svolgevano in silenzio o con la radio che nessuno ascoltava. Eppure avevo l'impressione che fossimo vicini, che ci sentissimo solidali e felici e che niente potesse distruggere quel paradiso.

Quando il nonno è morto, avevo otto anni. È successo pochi mesi prima dell'arrivo di Ricco; per me a quel tempo la parola morte non aveva senso. Era una parola da dire per scherzo, una parola che apparteneva alla ricreazione, che dava ai nostri giochi una sorta d'importanza. Quando si moriva, ci si stendeva per terra con le braccia in croce, la bocca aperta e gli occhi chiusi. Gli altri ridevano e si chinavano a guardare, le maestre correvano a rialzarci, a scuoterci, ricordandoci che le guerre e le zuffe erano giochi proibiti. L'annuncio della morte del nonno suonava falso, era un inganno, non volevo giocare a quella morte. E non ho mai più giocato nemmeno all'altra.

Lui era sul letto, nella camera azzurra. Gli avevano messo un vestito che non gli avevo mai visto, un vestito scuro che pareva rigido come il cartone. La nonna era lì vicino, pallida e più piccola del solito. È corsa piangendo ad abbracciare la mamma ed io sono rimasta sola a guardare Léon, immobile e tranquillo. Mi insospettivano le sue mani giunte sul petto, non lo avevo mai visto in quella posizione. Quando si appisolava su una panca del giardino incrociava le braccia, non le mani. Quel gesto insolito era probabilmente la cosa che mi impressionava di più: diceva la solennità del momento. Niente sarebbe stato più come prima, lo sentivo con tanta forza che sono corsa via da quella stanza e mi sono rifugiata in giardino gridando: «Voglio il nonno! Voglio il nonno!».

Sono rimasta molto tempo a piangere, seduta sotto la pergola; poi è venuta mia madre, col viso bagnato di lacrime e gli occhi rossi. Mi ha abbracciato forte e io ho ripetuto che volevo il nonno.

– Non fare la bambina, – ha risposto lei dandomi un bacio, – potrebbe sentirti e soffrire perché non può tornare indietro.

Non le ho creduto, sapevo che non soffriva.

C'è stata la gente, molta gente, e poi la cerimonia, e il cimitero e quella fossa nella terra. Ci sono stati baci di persone che non conoscevo e un pranzo in casa, tutti insieme. Poi, sotto la pergola e nel giardino, qualcuno che parlava a bassa voce e metteva le braccia intorno al collo di mia madre. In cucina, la nonna non faceva che combinare disastri.

Siamo rimaste con lei qualche giorno, dei giorni grigi che non finivano più di essere tristi. Quando Louise e il marito sono venuti a prenderci, la mamma ha mostrato loro l'automobile del nonno, nel caso che Roger fosse stato interessato. Non lo era. Preferivo saperla nel granaio.

Prima, quando Léon ci riaccompagnava a casa ogni domenica sera, passavamo sempre a trovare il suo amico Pichard. Loro due si scambiavano le notizie della settimana, la signora Pichard ci serviva un bicchiere di gassosa e mi prendeva sulle ginocchia. Raccontavano anche le storie della miniera, le esplosioni di grisou e i compagni scomparsi. «Nonno, che è il grisou?». Aveva un suono dolce quella parola, dolce come un bacio.

Lavoravano entrambi a Loos-en-Gohelle, una miniera che adesso è chiusa da diversi anni. Dicevano «noi, i visi neri» e io ridevo. Ricordavano gli incidenti di miniera, a Liévin, e tutti quei morti, e la paura che prende dopo, quando bisogna scendere di nuovo. Scoprivo queste cose della loro vita, mi piaceva sentirli raccontare e rimpiangere quel tempo, nonostante tutto.

L'auto di Louise e di Roger è passata davanti alla loro casa ma non si è fermata e io mi sono voltata indietro. Dal lunotto posteriore la vedevo allontanarsi, allontanarsi fino a sparire del tutto.

Ho acceso un'altra sigaretta. Le sue dita si muovevano sempre più piano. Chissà a che pensava! Ai giorni passati? Magari credeva di poter tornare al lavoro e alle abitudini quotidiane: ogni mattina e ogni sera, in piedi dietro la finestra dell'ufficio, a guardare l'entrata e l'uscita delle donne, tutte quelle donne che, quando lui girava per i reparti a distribuire elogi o a confermare i rimproveri di

Legendre, dicevano sempre: «Sì, signor Delplat, grazie, signor Delplat».

E invece era finito tutto, niente più giri per i laboratori, niente più rasature all'antica. Non c'era più la deliziosa Nina... ora c'era solo la ragazza cattiva.

Al secondo piano dell'hotel Splendid, poco fa, vedevo l'uomo aspettare, come sempre fin dal giorno del suo arrivo, dietro le tende della finestra.

Poco prima l'avevo visto camminare per la strada. Era in jeans e scarpe da tennis, con uno zaino e un berretto di tela. L'avevo visto sparire oltre la porta e avevo cominciato a contare: ero arrivata a 29 quando era riapparso alla finestra e l'aveva aperta per sporgersi e guardare lungamente verso il fondo della via. Poi aveva acceso una sigaretta: la teneva come i gangster del cinema, nascosta nel cavo della mano, e soffiava il fumo il più lontano possibile. Si era tolto il berretto e si era affacciato di nuovo, ma fuori non c'era niente per lui; allora aveva chiuso la finestra guardando me.

È abbastanza giovane: più o meno trent'anni. Mi piace osservarlo e lui pure mi osserva. La domenica si sveglia nel tardo pomeriggio e spesso indovino che segue le trasmissioni sportive alla televisione; quando la finestra è aperta, si sentono le grida e i commenti.

Ha le braccia forti e abbronzate, i capelli pettinati all'indietro, lisci sulle tempie e lunghi sulla nuca. È bello. Una volta i nostri sguardi si sono incontrati, lui mi ha sorriso e io non ho osato ricambiare. Sono quasi due mesi che vive là. Lavora in un cantiere? È venuto per incontrare qualcuno che non arriva mai?

Nevica ancora. La prima neve dell'anno. Intorno ai lampioni, l'oscurità si accende di scintille. Stasera mia madre tarda veramente molto, ma domani dormiremo a Malo-les-Bains, lei ed io, in una camera sul mare. Non sono mai stata in un albergo, non sono mai stata in nessun posto: la casa in Piccardia, questo appartamento e basta. Quando l'ascensore mi portava in alto, in cima alla torre dove mio padre stava eternamente al telefono con Elisa al suo fianco, scoprivo quell'immensità grigia che raggiungeva l'orizzonte. Mi piaceva quel breve viaggio; se un giorno prenderò un aereo, mi riporterà lassù tra le braccia di mio padre.

Lui aveva lasciato sul bordo del lavabo il suo anello con le iniziali. Ai lati, due minuscole pietre rosse parevano gocce di sangue. Lì per lì ho pensato di prenderlo, ero sicura che non avrebbe più avuto l'occasione di portarlo. Non volevo farne qualcosa in particolare, anzi mi sembrava abbastanza brutto: non posso soffrire gli uomini che portano l'anello.

Non l'ho preso, è rimasto sul bordo del lavabo. Ho preso solo i merletti; sono in fondo a un cassetto dell'armadio.

Mentre li raccoglievo dal letto, ho visto le banconote ripiegate e posate accanto a uno dei due abat-jour. Ho messo in tasca anche quelle. Mille franchi. Quando si è giovani, si ha sempre bisogno di soldi...

Ho preparato le patate, come facciamo spesso quando mia madre è a corto di idee e non c'è niente di pronto. In casa abbiamo sempre delle patate. Le ho affettate finemente come fa lei e le ho messe in padella con le cipolle e l'aglio. Ho battuto le uova con un po' di latte, sale, pepe e noce moscata. Ho messo tutto da parte.

Ho fatto la doccia e sono andata a prendere i capi di merletto per provarli. In piedi su una seggiola, davanti allo specchio del bagno, ho potuto constatare che non erano affatto male; anche la taglia era quella giusta. Li ho tenuti e mi sono rivestita; era la prima volta che portavo cose di quel genere: mi faceva uno strano effetto.

Seduta sul divano-letto del salotto, tendevo l'orecchio per sentire il rumore dei suoi tacchi su per le scale. Non vedevo l'ora di sapere come avrebbe accolto il regalo. Sentivo la gente andare e venire nel palazzo, i passi dei vicini al piano di sopra, la voce della signora Vuard che chiamava il cane. Volevo che la mamma tornasse. Mi sono alzata per mettere delle candele tra i nostri due piatti. Giravo a vuoto intorno alla tavola, non sapevo più che fare.

Di solito a quell'ora Steph ed io ci stiamo salutando, dopo il Bar des Amis. Già alle sette di sera viene a piantarsi sul marciapiede di fronte al salone. Sarah mi dice all'orecchio: «Il tuo bello se le sta congelando, là fuori!». La signora Lemonier non approva che lui mi guardi e passeggi così in lungo e in largo; nemmeno io, ma non conosco nessun altro che farebbe lo stesso. Mi piace che qualcuno mi aspetti. La signora Lemonier non capisce niente.

Visto che mia madre continuava a tardare, ho telefonato a Steph e gli ho detto che tra noi era tutto finito. Non so perché l'ho fatto; in ogni caso ne avevo voglia da tempo. Gli ho detto che era tutto finito, che non avevo altro da aggiungere, che non chiedesse spiegazioni perché era inutile. Ma lui non chiedeva niente: piangeva. Diceva che ero la donna della sua vita.

La stessa cosa aveva detto anche mio padre quando la mamma gli aveva comunicato la sua intenzione di lasciarlo. Lei aveva risposto:

– E la vita della tua donna? Hai mai pensato alla vita della tua donna? E a quella di tua figlia?

A me non sembrava giusto per via dei regali, dello champagne, di Elisa che mi raccontava delle storie e mi comprava la coca-cola, per via di tutte le promesse che papà le faceva e che lei non voleva più ascoltare. Eppure poco fa anch'io avevo lasciato che Steph piangesse al telefono. Mi ero ricordata di quando mi additava alla maestra nel cortile della scuola. Questa volta non era per Lolo che non volevo più giocare con lui: dopo l'incendio del supermercato, Lolo è in prigione. Era per mia madre, per Delplat, per la signora Lemonier, per i capelli da spazzare via ogni sera, per le tinture che sanno di ammoniaca. Per tutto questo, non volevo più giocare con lui. Non volevo più vederlo.

Ho acceso un'ultima sigaretta. L'ho fumata guardando fuori, in giardino, poi sono tornata in bagno. Ho spento la cicca nel lavabo, ho fatto scorrere un po' d'acqua che il sifone ha ingoiato gorgogliando. Dopo mi sono bagnata il viso, non mi decidevo ad andar via, non sapevo quello che avrei fatto di lì a un momento.

Desideravo sopra ogni altra cosa non vedere più quel corpo tra la schiuma. Volevo che sparisse. Sono andata a passeggiare nel corridoio, avanti e indietro, avanti e indietro. Ma più camminavo per quel corridoio, più volevo fuggire senza esserne capace e più sentivo che qualcosa stava prendendo possesso della mia mente.

Dall'alto della scala vedevo il gatto nell'ombra: non staccava gli occhi da me, sorvegliava ogni mio gesto, aspettava. Forse, mi sono detta, vuole essere portato via da qui e me lo sta chiedendo col suo linguaggio e il suo sguardo di gatto.

Ho pensato anche un'altra cosa: che lui avesse la mia stessa idea, quella che si andava formando nella mia testa, anzi che fosse stato proprio lui a suggerirmela.

Allora sono tornata nel bagno per l'ultima volta, perché era tempo di farla finita. Gli occhi di Delplat sembravano non vedermi, fissavano il muro. Mi sono infilata il guanto da bagno che qualcuno aveva lasciato vicino ai rubinetti e gli ho spinto il cranio sott'acqua. L'ho tenuto giù con tutte le forze, ma lui non opponeva resistenza.

China sopra la vasca, sentivo il lieve crepitio della schiuma profumata alla violetta. Tutto intorno, la casa taceva: un silenzio opprimente, molto opprimente. Un lieve contatto mi ha fatto trasalire: il gatto. Stava dietro di me e mi guardava con i suoi occhi gialli. L'ho scacciato, ma avrei voluto prenderlo in braccio.

Mi sono asciugata le mani con l'asciugamano, ho ripulito tutto quello che pensavo di aver toccato. Poi sono scesa a pianterreno, con le scarpe in mano per via del silenzio, come se non fossi stata lì. Il gatto mi aspettava, accovacciato davanti alla porta d'ingresso. I suoi occhi non erano più gialli: nella mezza luce diventavano fosforescenti. Nella penombra, il vestibolo sembrava rimpicciolirsi fino a togliermi il respiro. Dietro il vetro, lembi di cielo grigio si sfilacciavano tra gli alberi spogli. Ho pensato che l'inverno non mi piaceva, che era la stagione del dolore. Ho aperto la porta e mi sono messa a correre…

Sono rimasta molto tempo sul divano, sempre pensando all'ultima casa dell'impasse Beauséjour; alla fine mi sono addormentata. In sogno ho rivisto l'uomo alla finestra, al secondo piano dell'hotel Splendid, e mi è sembrato persino di sentire la porta di casa che si apriva. Poteva essere solo mia madre. Nel sogno la vedevo entrare in cucina e accostarsi al tavolo mentre l'uomo, immobile dietro i vetri della sua camera, guardava nella mia direzione e mi faceva un cenno con la mano. Io mi tiravo bruscamente indietro come se mi avesse toccata. Da lontano lo vedevo sorridere e accendersi una sigaretta senza staccare gli occhi da me.

Mia madre trovava sul suo piatto qualcosa per lei: i biglietti del treno e il mio messaggio. Si voltava verso di me, le lacrime le scorrevano sulle guance brillando alla luce della lampada. Mi precipitavo ad abbracciarla. La neve le aveva lasciato sul cappotto minuscole scaglie scintillanti. Sentivo il suo petto scosso dai singhiozzi, la baciavo sul collo, non osavo accarezzarla a causa di Ricco. Ero sicura che pensava a lui. Rivedevo la terribile giornata dell'anno scorso e non volevo che si ripetesse. Aveva la gonna con lo spacco dietro, quella che mette per andare al ballo di Herzeele. Quando saremmo andate di nuovo al ballo di Herzeele?

Ora lei si toglieva il cappotto, si soffiava il naso e metteva a scaldare l'acqua per una tisana. Pensavo: «Spiegherò tutto domani o domenica». Laggiù, sull'immensa spiaggia dove il vento solleva la sabbia e spinge i gabbiani indolenti. Pensavo che avremmo fatto colazione a letto, che avremmo avuto tempo, molto tempo per parlare. E per quanto riguardava Delplat, sarebbe stato più facile parlarne sulla spiaggia. In ogni caso sono una criminale tranquilla.

Stringevamo le tazze fumanti. Lei diceva:

– Solo un maglione pesante e le scarpe da tennis. È un bel regalo, domani preparerò le sacche.

Poi soggiungeva allegramente:

– A letto!

In quel momento lo squillo del telefono mi ha svegliato. Era lei: chiamava dalla Brasserie du Nord, appena prima della chiusura.

Sicuramente non era sola, ma io non ho fatto domande. Speravo solo che non si trattasse di Georges Mallard. Dal tempo dello sciopero, non aveva smesso di ronzarle intorno.

– Qui c'è una sorpresa per te, domattina non devi tornare troppo tardi. Promesso? – le ho detto con una certa impazienza.

– Certo… Certo…

Intorno a lei sentivo dei rumori, la sua voce non era del tutto normale.

Ho insistito: doveva essere a casa prima delle dieci, ma non ho detto perché, non ho parlato del treno.

– Di che sorpresa si tratta? – ha domandato lei.

– Una sorpresa, vedrai.

Una voce maschile sovrastava il chiasso: sapevo che era Mallard. «Andiamo!» gridava; voci di donna gli facevano eco.

Ho sentito mia madre parlare con qualcuno e poi bisbigliare al telefono:

– Tesoro, ora devo andare, domani ti spiego tutto. Buona notte.

E ha riattaccato. Impossibile riprendere sonno. Non volevo che Mallard entrasse nella mia vita. La casa sembrava così triste, così vuota. Volevo il gatto, lo volevo subito. Lui solo nella grande casa buia, e io sola come lui a girare intorno alla tavola apparecchiata, alle patate pronte e ai biglietti del treno. Di fronte l'uomo del secondo piano, solo anche lui. Tutto questo era ingiusto, profondamente ingiusto. La finestra della sua stanza era ancora illuminata, un riflesso bluastro danzava tra le pieghe delle tendine. Probabilmente stava guardando la televisione. Mi sono infilata il piumino e sono uscita.

Mentre allungavo il passo nell'aria fredda, pensavo che mia madre non passava una notte fuori casa dai tempi dello sciopero e che, l'unica volta prima di allora, era stato per Bob. Era successo un venerdì. Era venuta a prendermi a casa di Steph, al doposcuola tenuto dalla sorella maggiore, per portarmi da Louise; doveva tornare in fabbrica per terminare un lavoro, o almeno così mi aveva detto. A sera, al pensiero che era sola nel grande edificio deserto, che doveva restare davanti alla macchina e forse piangeva per la paura del buio, non riuscivo a chiudere occhio. Mi ero alzata e Louise aveva preso a parlarmi come si parla ai neonati. Mi ero addormentata in braccio a lei.

Bob vendeva birra e ogni genere di bevande alla Brasserie du Nord e in tutti i locali della regione; anche a Herzeele, al Café des Orgues. Aveva un occhio verde e l'altro marrone. Il suo cane, vecchio e malandato, lo seguiva dovunque e in macchina si accucciava vicino a lui. Bob doveva avere parecchie vite che non si incontravano mai.

Pensavo a quella notte mentre percorrevo le strade gelate, la notte in cui mia madre non era stata in fabbrica ma chissà dove insieme a Bob, e mi sembrava di avere l'anima troppo ingombra di ricordi. Mi sentivo già come una di quelle vecchie clienti che ci assillavano con la storia della loro vita. Eppure era più forte di me: ciò che volevo sopra ogni altra cosa era tornare indietro, ai giorni di prima, quando Delplat poteva ancora piantarsi dietro la finestra dell'ufficio per sorvegliare la mandria che entrava al mattino e usciva a sera, oppure passare ogni venerdì per la barba, l'acqua di Colonia e la rasatura della nuca. Allora sono andata avanti e ancora avanti; pian piano mi sono avvicinata all'impasse Beauséjour e ho avuto ancora più freddo.

Sono passata davanti al negozio di Arnold. Al piano di sopra, le persiane lasciavano passare delle lame di luce. Si sentiva un ritmo di salsa, potevo distinguere gli strilli della gracula che aggiungeva il tocco finale, come sempre quando la musica è di suo gusto. Che tipo di donne frequenta Arnold? Me lo domando spesso, ma finisco sempre col tornare alla fidanzata di Berlino; non riesco a concepire altre donne oltre a quella, che assomiglia a un sogno. Non avevo nessuna voglia di bussare da Arnold e di andare a piagnucolare sulla sua spalla. Avanzavo nell'oscurità. Mi chiedevo dove Mallard stesse portando mia madre e le sue amiche (tra le voci al telefono avevo riconosciuto quelle di Louise e di Nicole). Mi chiedevo se c'erano altri uomini oltre a lui, e quale sorpresa mi attendeva dopo quella scorribanda. Chissà chi si sarebbe presentato a casa nostra nei prossimi giorni?

Era ora di liberare mia madre da quel mondo che la logorava e la metteva in pericolo e al quale forse, invecchiando, avrebbe finito col somigliare. Come mai anche lei usava un quaderno? Forse perché vedeva Legendre scrivere sul suo? E io, a mia volta, sarei diventata un'altra signora Lemonier, truccata, ossigenata, molle e troppo profumata?

Non volevo diventare come la signora Lemonier, e neppure mia madre doveva lasciarsi fagocitare dalla sua macchina.

La città pareva tremare dal freddo, ed io con lei. Il mio primo giorno di vacanza era un vero disastro! Per fortuna avevo ancora due giorni e contavo su Malo-les-Bains. Quello, nessun uomo poteva togliercelo.

Sentivo in me una straordinaria forza. Volevo il gatto bianco, volevo qualcosa che mi tenesse compagnia, volevo qualcosa di caldo e di morbido, qualcosa di vivo.

Sarei andata a cercarlo anche lassù, il gatto bianco, anche a costo di entrare di nuovo nel bagno. Delplat ormai era solo un fantasma nascosto sotto la schiuma...

Un giorno o l'altro, forse, quel fantasma vagherà di notte nella sua fortezza vuota, tra le macchine addormentate, ma non ci sarà nessuno a salutarlo. Il cane del guardiano abbaierà perché sentirà quel bambino invecchiato che cerca di far andare ancora i suoi giocattoli di un tempo. Gli adulti vogliono sempre tornare indietro. Le macchine tossicchieranno ma rifiuteranno di avviarsi perché non riconosceranno le mani che le toccano. Le macchine conoscono le mani di chi le fa funzionare.

Mia madre dice sempre: «Quella dannata si è inceppata di nuovo, ma quando la tengo bene in pugno ci capiamo al volo! Lei mi ubbidisce, un colpetto di pollice e fila via liscia come l'olio, a velocità di crociera...».

Si direbbe che ami la sua macchina. È come il nonno. Lui la rimpiangeva la sua miniera, quel buco nero. Chissà se è morto per questo.

Sabato...

La prima volta che siamo andate al ballo del Café des Orgues, il sabato notte avevamo dormito dalla madre di Louise, a Herzeele. Il resto della banda ci aveva raggiunto nel pomeriggio dell'indomani, domenica, giusto in tempo per l'inizio delle danze. Louise era nata a Winnezeele, ma la famiglia si era trasferita quasi subito a Herzeele: i suoi primi ricordi risalivano a quel tempo. Ne aveva fatti di giri di pista sulle spalle del padre, un ballerino di prim'ordine che non si sedeva mai per tutta la durata del ballo e che, ogni tanto, andava dietro agli organi per aiutare il padrone nella scelta dei titoli.

Un giorno mia madre aveva comprato un vestito nuovo e delle scarpe con i tacchi alti. Bob era arrivato in ritardo per un «problema personale», e quando finalmente il nostro gruppo era stato al completo eravamo entrati in quel luogo meraviglioso. Mi pareva di penetrare non vista nel segreto di una giostra, una giostra per i grandi, per i piccoli, per tutti. Al centro le coppie ballavano in una sorta di gioiosa baraonda. La folla festosa si sparpagliava per la sala, intorno ai grandi tavoli. Per lo più erano intere famiglie, vestite a festa, vocianti, felici di incontrare gli amici e i figli degli amici, i vecchi e i giovani.

Gli organi di Th. Mortier occupavano per intero le pareti ai due capi della sala; il suo nome era scritto in lettere dorate su fondo azzurro; al centro gli organi di rame diffondevano arie un po' fuori moda, che tutti cantavano in coro. Ricordo quelle che la madre di Louise ballava sempre con Adeline, una vecchia signora che abitava nei dintorni. Ballavano *Quand l'été viendra:* un fox, diceva Louise che se ne intendeva. Oppure *Violeta* e *C'est toi que j'aime.*

Ballavano anche i bambini, persino i cani si rincorrevano attraverso quella foresta di gambe. Certe nonne, le più indiavolate, si univano per un madison o per uno di quei balli in cui ci si mette in fila indiana; tutti quelli che non sapevano fare altro si accodavano. Bob beveva birra Gueuse, mamma prendeva dei Tango, Louise dei Campari-orange e io delle granatine. Roger, quando veniva, restava sempre al bar e, a sera, ci faceva vedere il suo numero: il ballo di chi non si regge più in piedi.

Ogni volta che Bob e mia madre si alzavano per un valzer o un paso io li seguivo, afferravo una gamba dell'uno, una gamba dell'altra e mi lasciavo portare a tempo di musica: un piccolo bagaglio da non dimenticare. Ogni tanto tutta la banda scendeva sulla pista e allora si scatenava il finimondo. Louise saltava come un capretto, mamma si slogava le caviglie per via dei tacchi alti e io mi facevo portare da Bob che mi chiamava «la cavalletta». Mi piaceva il ballo di Herzeele. Ma un bel giorno è arrivato Ricco.

Quel giorno Bob non poteva venire. Aveva spesso dei «problemi personali». Ne aveva ad Amiens, a Lens, a Lille e forse anche altrove. Da qualche tempo non andavamo più nella casa di Saint-Omer, sempre a causa dei soliti «problemi personali» che ne avevano preso possesso al posto nostro. La vita diventava complicata, la mamma cominciava ad averne abbastanza. Lo capivo dal modo in cui ne parlava a Louise.

Era una domenica d'autunno, pioveva da diversi giorni. Eravamo arrivate in treno fino a Bailleul, dove ci aspettavano degli amici di Louise. Con loro c'era Ricco: qualcuno l'aveva portato per mostrargli il Café des Orgues, perché anche lui era musicante e girava tutta la regione e una parte del Belgio con la sua pista da ballo smontabile. Il nostro gruppo era molto numeroso e all'inizio a Ricco era toccato un posto all'altro capo della tavola; guardava gli organi fumando una sigaretta dopo l'altra e non apriva bocca. Mi ero accorta subito che la mamma lo osservava e che, quando qualcuno la invitava a ballare, non accettava mai.

Gli amici di Louise conoscevano il padrone del Café des Orgues e lo avevano presentato a Ricco, che voleva visitare il retro. I due erano rimasti un bel pezzo al di là di una porta azzurra che la mamma fissava fingendo di seguire la musica. Poi Roger, che stava accanto a lei, si è alzato per andare al bar e così Ricco, quando è rientrato nella sala insieme al padrone, non è tornato al posto di prima ma è andato a sedersi al suo fianco.

Al tavolo c'eravamo solo noi tre. Louise ballava con gli amici, Roger era al bar e la madre di Louise aveva preso Adeline per la vita e la faceva girare come una trottola.

– Avete mai visto quello che c'è nel retro? – aveva domandato Ricco con il suo accento italiano.

– No – aveva detto mia madre.

– Volete vedere?

– Sì.

– Anche io.

Ero già in piedi e avevo afferrato la mano di mia madre.

Si sono alzati e li ho seguiti. Ricco ha aperto la porta azzurra. Un ragazzo sorvegliava il passaggio dei fogli di uno strano libro, ingiallito e crivellato di buchi, che andavano a finire su un rullo. Altri libri simili erano allineati sulle mensole: sopra c'era scritto Mazurca, Slow, Fox, Samba, Polka, Marcia, Valzer, Madison, Twist.

Ricco ne aveva indicato uno al ragazzo. Era uno slow: *C'est toi que j'aime*. Eravamo tornati fuori e, mentre attraversavamo la pista, lo slow aveva interrotto il brano precedente. Ricco stringeva a sé mia madre e io restavo là e non sapevo che fare, perché capivo che non potevo aggrapparmi a loro come facevo quando c'era Bob.

Sono andata a sedermi al tavolo. Louise era accanto a Roger, doveva averlo trascinato via dal bar. Mi sorridevano entrambi. Mi sono alzata di scatto e mi sono fatta largo tra la calca dei ballerini, cercando di riconoscere in quella confusione il vestito e le gambe di mia madre. Poiché non ci riuscivo, sono salita su un tavolo al bordo della pista. Allora l'ho vista: a un tratto il suo viso mi appariva diverso, misterioso; qualcosa nel suo sguardo la portava così lontano che ho temuto il peggio, ho pensato che forse Ricco non me l'avrebbe restituita mai più.

La musica era finita, ma loro non sono tornati al tavolo. Hanno ballato il brano seguente, e quello dopo, e un altro, e un altro ancora. Louise mi aveva abbracciato trascinandomi sulla pista. Affondavo il viso nel suo vestito, sentivo la rotondità del suo ventre e le pestavo i piedi.

– Andiamo a prendere un gelato, che ne dici? – aveva sussurrato prendendomi per le spalle.

Non ne avevo voglia. Allora eravamo tornate vicino a Roger, che si stava addormentando malgrado il rumore, e avevamo aspettato che Ricco e mia madre ricomparissero. È passato molto tempo. Gli amici di Louise se n'erano già andati. È stato allora che ho sentito Louise dire a Roger:

– Secondo me la Suzy è innamorata cotta.

Mia madre è tornata sola; sorrideva e i capelli le volavano intorno al viso.

– Sono stanca morta – ha sospirato lasciandosi cadere su una sedia.

Dopo non so, c'è stata una specie di notte.

Ieri sera non potevo impedirmi di pensare all'incontro tra Ricco e mia madre, perché mi stavo chiedendo come mai lei non tornasse a casa. Prima di arrivare all'impasse Beauséjour per andare a prendere il gatto, ho fatto una deviazione e sono passata davanti alla Brasserie du Nord. La saracinesca era calata.

All'impasse Beauséjour, il cancello era aperto e quando sono entrata nel giardino mi sembrava di non riconoscerlo. Per un momento ho anche pensato di essermi sbagliata. Ho fatto qualche passo nell'oscurità, ho intravisto le aiuole, i vasi vuoti. Ero proprio nel giardino di Delplat. Sono andata dritta verso la casa e ho aperto la porta. Sarei potuta entrare. Buongiorno, signor Delplat, vengo per il rasoio e la rinfrescatina alla nuca. Sì, signor Delplat, sono io, Nina: i giovani hanno sempre bisogno di soldi. No, signor Delplat, a mia madre non ho detto niente, lei crede che stia cercando un regalo perché è il suo compleanno. Come, signor Delplat, non lo sapeva? Non fa mai gli auguri di compleanno alle sue operaie, signor Delplat?

La casa era un abisso oscuro ed io ho sporto la testa, solo la testa, oltre la porta socchiusa per chiamare il gatto. Non veniva.

La casa era un abisso di silenzio e la grossa balena dormiva nel suo mare minuscolo. Ho chiamato di nuovo il gatto. Forse era lassù, con gli occhi gialli nella notte, forse non voleva più lasciare il padrone. Stavo quasi per richiudere la porta, quando ho visto una specie di lampo bianco passarmi tra le gambe e sparire in giardino... Micio, micio, micio. Quando siamo arrivati vicino alla capanna lui ha preso lo slancio e ha superato con un balzo il muro di cinta.

Gli sono corsa dietro e quando l'ho raggiunto lui si è fermato, mi ha guardato e si è lasciato prendere.

Sono tornata a casa tenendolo in braccio. Gonfiava il pelo sotto le mie carezze. L'ho posato sul tavolo di cucina e ho preso del latte in frigorifero. Mentre beveva quello che gli avevo versato in un piattino, ho portato il piumino in camera e ho visto che l'uomo del secondo piano era là, dietro la sua finestra. Pareva che a un tratto fossimo diventati amici. Questa volta ho sorriso io, perché ero felice per via del gatto. Gli avrei trovato un nome. Sarebbe stato mio e di nessun altro.

L'uomo ha fatto un cenno ed io ho risposto. Qualcosa con la mano e le dita, qualcosa che non voleva dire niente di preciso; soltanto: sì, è tardi e anch'io non dormo. Non dormo perché aspetto mia madre, perché aspetto domani e il treno che ci porterà via insieme. Conoscete Malo-les-Bains? Ma lui non poteva sentirmi.

L'ho visto allontanarsi dalla finestra e poi tornare con un foglio che ha appoggiato al vetro. Aveva scritto a caratteri cubitali: 24. Il gatto miagolava in cucina. Sono andata a versare un altro po' di latte nel piattino. 24 doveva essere il numero della sua stanza. Ho accarezzato il gatto, adesso era mio.

Dall'altra parte della strada, l'uomo mi faceva segno di andare da lui. Ho detto sì con la testa e mi sono messa il piumino. Ho versato un altro piattino di latte al gatto. Faceva le fusa. Gli ho detto che sarei tornata presto e che lo avrei chiamato Nottambulo. Ho sceso le scale di corsa, ho attraversato la strada e ho bussato alla porta dell'albergo.

Mi ha aperto lui: doveva aver avvertito il guardiano, non so. Siamo saliti in camera sua e lui mi ha baciata a lungo, in piedi. Il suo collo odorava di saponetta. Ha spento la luce e si è seduto sul letto.

– Spoglia.

Mi piaceva il suo accento, il suo odore, la sua voce. Mi piacevano soprattutto i suoi occhi.

– Spoglia.

Mi sono tolta il piumino, i jeans, il maglione, le scarpe da tennis e i calzini. Ho sciolto la coda di cavallo e mi sono tolta l'orologio; non ricordavo nemmeno più di avere indosso i merletti neri che Delplat aveva lasciato sul letto. Sono rimasta in piedi davanti a quell'uomo che mi guardava. Avrei voluto che quel momento durasse molto. Mi pareva di essere come la donna sul palcoscenico del teatro, a Lille, quando era sola sotto la luce e noi, per un tempo infinito, abbiamo continuato a sperare che niente si muovesse.

Lui non si muoveva e mi guardava. Occhi grigi, ma con un po' di azzurro ogni tanto.

– Nana, bella – ha detto piano.

– Nina.

Lui ha riso. Ho ripetuto Nina indicando me stessa.

– Bella.

Poi ha aggiunto: «Io, Piotr».

Ha acceso una sigaretta e me l'ha passata. Ne ha accesa un'altra per sé. Mi ha fatto posto al suo fianco e abbiamo fumato in silenzio. Fuori continuava a nevicare, un pulviscolo bianco sospeso nell'aria. Non mi ero messa il reggicalze per via dei jeans. Peccato, mi sarebbe piaciuto averlo. Mi sentivo a mio agio, non avevo l'impressione di essere nuda. Pensavo al gatto. Nottambulo. Pensavo a mia madre che avrei dovuto convincere perché gli animali non le piacciono, pensavo all'uomo che forse aveva incontrato.

– Quanti anni hai?

– Diciotto.

– Scuola?

– Attrice... teatro.

Lui si è voltato e io ho detto guardandolo:

– Comincio adesso... Inizio... Capito?

– OK Nana.

– Nina.

– Spoglia, ancora.

Non volevo che le cose andassero così in fretta; del resto non avevo pensato seriamente a quello che poteva succedere nella stanza 24. E poi il gatto mi aspettava. Ma lui mi ha spogliata e mi ha presa tra le braccia. Chissà perché, ho pensato a una frase che mia madre dice spesso: «Troppo concentrata sul lavoro, non penso mai a niente».

Non volevo pensare a tutto quello che era successo, ma rivedevo la camera con il copriletto di raso azzurro e so-

pra i merletti che adesso Piotr, spogliandomi, aveva lasciato cadere a terra. E poi gli abiti di Delplat sulla poltrona,
la cravatta, le scarpe, l'armadio scuro, le lampade, i soldi posati sul comodino. Mi accostavo alla finestra e nel giardino vedevo il gatto che alzava la testa e mi guardava mia-
golando. Non osavo parlargli perché Delplat non doveva
sapere che ero là.

Vedevo arrivare mia madre; Delplat le andava incontro. Entravano nel bagno, lei lo impiastricciava di sapone da barba, lui rideva come un bambino che per gioco si
dibatte mentre sua madre lo lava. Non sentivo quello che
lei gli diceva. Poi arrivava anche Legendre, e allora sentivo la sirena della sera, quella che annuncia l'uscita, e tutte le donne si precipitavano fuori dal bagno e correvano
in giardino. Il gatto bianco, impaurito, si rifugiava tra le
mie braccia e io aspettavo mia madre che non usciva.

Mi sedevo per terra nel corridoio e, nel silenzio, un rumore quasi impercettibile cresceva, cresceva, come se migliaia di bollicine fossero venute a urtare contro le mie orec-
chie per poi scomparire.

Entravo in bagno e la vedevo nella vasca, con gli occhi chiusi, la pelle bianca e azzurra come nello spogliatoio. Sembrava addormentata, ma qualcosa mi diceva che
non dormiva. Era rigida come il nonno nel suo abito di
cartone. Urlavo. Il gatto bianco miagolava dietro la
porta, sentivo il rumore delle turbine e delle cesoie meccaniche.

Georges Mallard attraversava di corsa il giardino con le
mani piene di scartoffie seguito da Louise in lacrime e da
Arnold. Un odore di violetta si spandeva per tutta la ca-

120

sa. Mi precipitavo per le scale, incespicavo nelle aiuole e rialzandomi vedevo, dietro le tendine di una finestra, Delplat che sorvegliava, immobile come ogni giorno nell'ufficio della fabbrica...

Mi ha detto che era arrivato in Francia da due anni, che i primi tempi aveva lavorato in un ristorante russo di Parigi e ora viveva a Lille, in attesa. In attesa di che?, ho chiesto. In attesa di Anatoli, il suo amico d'infanzia. Insieme dovevano partire per il Canada a bordo di una nave. La nave era già arrivata a Dunkerque, si sarebbero imbarcati l'indomani, ormai era sicuro. Era visibilmente felice; io invece pensavo: «Così presto!».

Mi ha mostrato una fotografia che teneva sempre nel portafoglio: una casa di legno, un orto circondato da una palizzata anch'essa di legno, una capra legata che brucava e davanti alla palizzata un sidecar rosso. Non ne avevo mai visti prima e gliel'ho indicato; lui ha detto: «Vecchio ma ce ne sono ovunque, ce l'hanno tutti». Sopra c'erano Anatoli e lui che ridevano. Anche le case di legno e le piccole palizzate intorno agli orti sono dovunque laggiù in Siberia.

Il suo villaggio è vicino a una città, Zima, che in russo significa «inverno». «Molto freddo, molta neve». Prima suo padre lavorava nella fabbrica, vicino al villaggio, una grande fabbrica. Adesso è ferma, abbandonata, nessuno sa il perché, e sono tutti poveri, molto poveri. Per guadagnare qualche rublo, sua madre vende gli ortaggi che coltiva nell'orto di casa e dei dolci che prepara con le sue mani. Li vende sui marciapiedi della stazione. Nei treni che attraversano la Siberia, ci sono sempre dei viaggiatori affamati che scendono per comprare qualcosa da mangiare. Tutte le donne del villaggio conoscono gli orari dei treni. Quando era piccolo, seguiva sua madre insieme ai fratelli e per raggiungere prima i clienti passavano anche sotto i treni in sosta.

L'ho chiamato «signor Inverno»; vicino a lui stavo al caldo. Cercavo di inventare delle immagini del suo paese con la neve e le foreste, i villaggi di legno e i vecchi sidecar di tutti i colori. Dicevo a me stessa che forse avevano scelto il Canada pensando alla neve, per sentirsi ancora un po' a casa.

Stamattina presto credevo che tutto potesse diventare semplice e bello e che niente potesse rovinare la notte passata con lui. Dormiva. Teneva un braccio piegato dietro la nuca e l'altro disteso sul lenzuolo. Sentivo il suo respiro, un soffio leggero che passava tra le labbra e ogni tanto pareva interrompersi. Avevo paura. Le sue palpebre avevano dei fremiti. Sulle guance spuntava la barba, una barba scura che gli scavava i lineamenti. Avrei voluto alzare il lenzuolo per vederlo tutto, per contemplare quel corpo immenso e caldo.

Mi chiamava Nana. Ogni volta lo correggevo: Nina. Lui rideva e ripeteva Nana. La sua pelle era dura, come le sue braccia che mi stringevano e il suo sesso. Mi

piaceva quel nome, Piotr, ma preferivo chiamarlo signor Inverno o signor 24.

– OK Nana!

Lui era sempre d'accordo.

Mi piaceva che mi toccasse dappertutto, lo desideravo. Quando aveva posato il foglio contro il vetro, con
un 24 scritto grande perché potessi leggerlo, io vivevo
in un mondo vero e falso allo stesso tempo. Ero io e
un'altra, un'altra che avrebbe trovato il coraggio di tra-
versare la strada per raggiungerlo. Non ci avevo mai pensato prima. Per me, del resto, quell'albergo era sempre
stato un mondo a parte, un mondo dove Paul e Bob,
ma non mio padre, venivano per stare più vicini a noi
e facevano delle promesse che poi non mantenevano.
In fondo ci conoscevamo da molto tempo, il signor Inverno ed io, da quando lui abitava là e ci guardavamo,
ognuno dietro la sua finestra.

Come dormiva profondamente, quella mattina! Io invece non ci riuscivo, forse perché temevo di potermi
risvegliare altrove, da Delplat oppure sola sul divano,
come quando mia madre aveva telefonato per dire che
non sarebbe tornata a casa. Lui si muoveva nel sonno,
a un tratto ha allungato il braccio che teneva dietro la
nuca e mi ha attirato vicino a sé. Sentivo l'odore della sua pelle: era tiepida e salata, sapeva di mare come
se ne avesse ingoiato l'acqua e il suo corpo l'avesse restituita poco a poco. Ma senza onde né tempeste, tranne che durante la notte, quando ci eravamo rotolati insieme affondando nel letto, là dove tutto era dolce, molto dolce. Non osavo fare un gesto.

Sapevo di dovermi alzare, il gatto mi aspettava, volevo spiegare a mia madre perché era là. Un gatto trovato per la strada: mi sembrava l'unica cosa da dire per semplificare le cose. E poi volevo esserci quando trovava il regalo. Mettendo un piede fuori dalle lenzuola, l'ho svegliato; ha aperto un occhio, poi è tornato ai suoi sogni, al suo paese. L'ho baciato sulla fronte. Mi sentivo più forte di lui perché lo guardavo dormire, perché sapevo che aveva quella profonda cicatrice sulla schiena.

– E questo che è? – avevo domandato passando un dito sulla pelle rigonfia.

– No, no – aveva risposto lui prendendomi la mano.

Era uno sfregio profondo, di un rosa che faceva accapponare la pelle. Poteva sembrare che la ferita fosse fresca, che lui fosse morto là, all'improvviso. Ho pensato ai treni che attraversano la Siberia, ai viaggiatori che bisogna raggiungere per vendere i prodotti dell'orto e ai bambini che passano sotto i treni per essere i primi a trovare i clienti.

Lo proteggevo, non potevo risolvermi a uscire da quel letto così caldo dove non sarei mai entrata se mia madre non avesse passato la notte fuori casa.

Pensavo a Bob, come ieri quando ero andata a prendere il gatto, e mi chiedevo dove potesse essere mia madre, con chi e perché. Mi preoccupavo come se fosse stata lei la bambina, la mia piccola Suzy. Pensavo a quel lavoro da terminare che aveva inventato per lasciarmi a casa di Louise e passare la notte con Bob.

L'indomani mattina, sul tardi, era venuta a prendermi. Quando lei era entrata in cucina, stavo giocando agli indovinelli con Roger. Louise vedendola aveva detto:

– Hai gli occhi piccoli delle notti corte... Allora?

Mamma aveva fatto un largo sorriso. Avevo pensato che fosse contenta perché ormai il lavoro nella fabbrica era finito e lei non era costretta a tornarci la notte seguente. Nel pomeriggio, Bob aveva suonato a casa nostra. Mamma aveva aperto e il primo a entrare era stato il cane, un cane bianco e giallo, magro e con le zampe lunghe. Me le aveva posate addosso.

– Nina, ti presento Bob. È un amico di Marc, della Brasserie du Nord. Ci farà vedere una casa, una bella casa, credo. Forse potremmo comprarla al posto di quella dei nonni. Intanto ce la presterà, non è vero Bob?

– Sicuro, sicuro.

Non me ne importava un fico secco della bella casa di quel signore e non avevo risposto. Loro ne avevano parlato per un pezzo. Mamma spiegava perché aveva venduto quella di Léon ed io non capivo niente di quello che diceva. Era vero che era vecchia, che le mura erano piene di crepe, di macchie di umidità e persino di buchi. Era vero che il tetto lasciava passare l'acqua e la porta del granaio «cadeva in polvere», come diceva la nonna. E con ciò? Io l'avevo sempre vista così.

La nonna era sopravvissuta a Léon solo qualche settimana, e quando anche lei era morta tutto era ricominciato da capo: le persone vestite a lutto, il cimitero, l'aperitivo sotto la pergola, il rinfresco a base di affettati, i baci che sapevano di cipria e di sigaretta.

– Troppa confusione in quella casa, devi darla via –
aveva detto Pichard a mia madre.

Pochi giorni dopo le aveva trovato un compratore.
E io avevo detestato Pichard.

Così il sabato pomeriggio eravamo andati a Saint-
Omer con Bob e io avevo riso molto quando lui aveva
detto che il fiume si chiamava Aa: non riuscivo a cre-
derci. Ci aveva portati nella palude, eravamo saliti su
una barca insieme al cane, seguendo i canali che si perdevano tra gli orti pieni di verdura di tutti i tipi. A un
tratto avevamo visto una grande capanna di legno tra
i cavolfiori e l'insalata. Era la sua casa. Aveva legato
la barca a un paletto ed eravamo saltati a terra.

Strana casa, quella di Bob, una di quelle capanne che
si direbbero costruite da un eterno fanciullo solo per
farvi delle monellerie. E Bob doveva farne parecchie.

Ho detto:

– Ma questa è la casa dei tre orsacchiotti!

– No, ce n'è uno solo: sono io! – aveva risposto lui.

In fondo quella casa mi piaceva, con le camere sopra il locale a pianterreno, la grossa cucina economica
di ghisa e la doccia in giardino. Lui era andato a rac-
cogliere la verdura e si era messo a cucinare mentre mia
madre ed io curiosavamo da per tutto, col cane alle cal-
cagna...

Per la strada, ieri sera, mentre andavo a prendere il
gatto, pensavo a tutti i sabati che avevamo passato laggiù, al tempo in cui si riempiva di gente e gli uomini
sorvegliavano le grigliate mentre le donne pensavano
al resto. Per i bambini c'era una vecchia tinozza pie-

na d'acqua nella quale fare il bagno... Mentre camminavo verso l'impasse Beauséjour, tremando di freddo
e ripensando a quei momenti, mi dicevo che forse mia
madre stava addomesticando per noi un altro Bob.
Sempre che non si trattasse invece di un Ricco. Tra i
due, tutto sommato preferivo il primo: un vero piccio-
ne viaggiatore, come avrebbe detto Arnold.

Ma quella mattina bisognava alzarsi, per il gatto e per
mia madre. Non ci riuscivo, e quando finalmente mi sono ritrovata fuori dalla stanza 24 e ho richiuso la porta
alle mie spalle, avevo l'impressione di lasciare tutto, di
salpare per un paese sconosciuto. Ho attraversato la
strada come se fosse stata un oceano, ho rischiato di farmi investire da una macchina e di affondare, affondare
nell'acqua, in un fossato freddo e buio...

*Come quello in fondo al quale sarebbe sparito Delplat,
al cimitero. Sì, perché l'avrebbero trovato nella vasca da
bagno, avrebbero chiamato la polizia, il sindaco, Legendre e chissà chi altro ancora: delle persone importanti.*

*L'avrebbero sepolto. Ci sarebbero state le autorità, i vici-
ni dell'impasse Beauséjour, la segretaria bionda e ossigenata
e anche Legendre. La vecchia Duriet si sarebbe soffiata il naso in continuazione. Avrebbero montato tutta la messinsce-
na delle grandi occasioni. Legendre mi avrebbe guardato di
traverso e avrebbe scritto delle porcherie sul suo quaderno.*

*Non avrei visto mia madre e nemmeno Louise e le al-
tre. Ma dove sarebbe stata, mia madre?*

*Georges Maillard avrebbe detto ghignando: «La lotta di
classe esige le sue vittime!». La signora Lemonier avreb-*

be triplicato gli incassi: le avrebbe pettinate tutte, le smorfiose, anche quelle che ridevano alle spalle di Delplat quando si presentava ogni venerdì per il solito ritocco.

Quanto a me, non so. Sarei stata in treno, avrei già superato la stazione della Madeleine, quella di Saint-André e anche quella di Pérenchies. Sarei scesa a Dunkerque e sarei andata al porto a cercare la nave di Piotr e Anatoli. Forse non erano ancora partiti...

Mia madre, già arrivata a Malo-les-Bains, mi avrebbe aspettato per la colazione, in riva al mare...

In ogni caso non era tornata e non mi stava aspettando. Appena ho aperto la porta, il gatto bianco mi è passato fra le gambe ed è scappato giù per le scale. «Oh, no!» ho gridato, e una porta si è aperta al piano superiore.

– Che succede?

Ho visto i biglietti del treno sul piatto, le candele. In cucina aleggiava l'odore delle patate. Ho detto «Mamma» per essere sicura che lei non ci fosse e mi sono precipitata a riprendere il gatto.

Il sabato mattina la città s'impigrisce. Sonnecchia, e tutti sonnecchiano insieme a lei. Il gatto era già in fondo alla strada e stava svoltando a sinistra. Ormai era tardi per prendere il treno, così mi sono messa a correre: non volevo perderlo di vista. Fino al centro della città! Rue de la Blanchemaille, rue du Grand-Chemin, e anche la Grande-Place col cantiere e le impalcature, e poi rue du Maréchal-Foch. Stentavo a non farmi distanziare, sembrava così leggero, così leggero. Non ne potevo più.

A un tratto è tornato indietro. Siamo passati di nuovo per la Grande-Place e poi non so più, ma all'improvviso eravamo abbastanza vicini alla fabbrica, quella di mia madre e di Delplat. Mi domando perché abbia preso quella direzione. Possibile che ogni tanto il padrone lo portasse con sé e lo tenesse in braccio mentre dalla finestra sorvegliava l'entrata e l'uscita delle operaie? Né mia madre né le sue colleghe mi avevano mai detto che avesse un gatto bianco. No, di sicuro non lo portava con sé: il cane del guardiano lo avrebbe sbranato. Eppure lui è entrato nel cortile.

Ho visto subito l'enorme striscione appeso al di sopra della porta. Da dentro giungeva un rumore sordo, regolare, scandito da urla. Il guardiano è uscito con le braccia al cielo, gridando: «È pazzo! È pazzo!», ed io ho perso di vista il gatto bianco, distratta dallo striscione, dallo strano rumore che proveniva da dentro, dal guardiano che sembrava agitatissimo. «NO ALLA CHIUSURA» era scritto in rosso sul lenzuolo bianco.

Il guardiano non mi vedeva; continuava a gemere e a guardare il cielo, come se di là avesse potuto venire la soluzione; poi è rientrato nella fabbrica dove il rumore cresceva e con esso le urla. Dovevo sapere che stava succedendo: gli sono andata dietro. Mia madre e le altre probabilmente erano là; le avrei parlato del biglietto, o forse no. In ogni caso non avevo dimenticato il suo compleanno. Non bisognava dimenticarlo, nemmeno in un giorno come quello. Soprattutto in un giorno come quello, no?

Il rumore veniva dal reparto 4, quello di mia madre, di Louise e delle altre. È stato allora che ho visto Roger: era salito su una macchina e con un maglio la colpiva a tutta forza. Colpiva, colpiva.

– Lo distruggo questo maledetto arnese! Lo distruggo!

Intorno a lui un gruppo gesticolante: operaie e anche qualche marito venuto a dar manforte.

– Scendi di lì, Roger! – gli dicevano. – A che serve ridurti così? Scendi!

Lui non ascoltava, colpiva ancora. Lo vedevo grondante di sudore e di rabbia, pallido, ancora più magro del solito. La macchina cominciava a cedere, si deformava, si schiacciava sotto quei colpi implacabili. Non avevo mai visto Roger così invasato; di solito aveva un'aria assente, sembrava assorto nei suoi pensieri di alcolizzato mite e triste. Ma ora aveva il volto contratto per lo sforzo e negli occhi un lampo di follia.

Legendre si è affacciato alla porta del reparto e ha dichiarato in tono esasperato:

– Sta arrivando la polizia. Distruzione di materiale! Sapete quello che state rischiando?

Lo hanno zittito urlando e Roger ha alzato il maglio.

– Vieni a dirmelo in faccia! Vieni qui, schifoso!

Legendre è sparito nel corridoio, accompagnato da altri schiamazzi. Ma per quanto cercassi, mia madre e Louise non erano là. Del resto se Louise ci fosse stata, avrebbe pensato lei a far scendere Roger: aveva su di lui un ascendente che meravigliava tutti.

A un tratto ho visto Marie-Claude e le ho chiesto:

– Dov'è mia madre? Non la vedo.

– Con Louise.

– Ma dove?

– All'ospedale. L'ha accompagnata perché è grave.

Non mi piace quella parola. La odio fin dai tempi della scuola, perché annuncia sempre qualche guaio. Marie-Claude parlava e tutto si perdeva in una nebbia fitta; persino i colpi di Roger sulla macchina che ormai non sembrava più una macchina, persino quei rumori non li sentivo quasi più.

Avevano lavorato parte della notte per preparare lo striscione e stampare dei volantini da distribuire in tutta la città, nei mercati, dappertutto. Poi, nel timore che Delplat l'indomani non le lasciasse entrare, avevano deciso di dormire nella fabbrica. Lui non si faceva vedere dalla mattina del giorno prima, ossia da quando ieri, venerdì, aveva annunciato la chiusura.

– Abbiamo telefonato diverse volte ma non risponde: forse ha staccato il telefono. Non c'è da stupirsi: sappiamo che tipo è...

Prima dell'alba, Louise era salita al mezzanino e si era lasciata cadere sulle macchine. Un urlo terribile aveva svegliato tutti: il guardiano l'aveva trovata facendo il suo giro. Era caduta sulla pettinatrice che Roger stava cercando di distruggere; ormai c'era quasi riuscito. Non era morta ma i pompieri, arrivati quasi subito, avevano detto che le sue condizioni apparivano disperate.

Si era dovuto dirlo a Roger.

E a un tratto l'ho rivista nella nostra cucina, Louise, con il costume da bagno comprato a Lille che era venuta a mostrare a mia madre e alle altre. Un costume intero, bianco e nero, con dei lacci complicati annodati dietro, appena sopra le natiche.

Sempre con quel costume indosso, aveva cominciato a insegnarmi a nuotare in piscina. Saliva sul trampolino più alto, spariva in fondo alla grande vasca e nuotava sott'acqua per un lungo tratto. Louise, con quelle braccia tonde e muscolose coperte da una peluria nera come i suoi capelli. Con quei ciuffi di pelo nero sotto le ascelle, così folti che li osservavo incuriosita quando lei prendeva lo slancio, si lanciava nel vuoto e affondava nell'acqua azzurra. Dal suo corpo emanava una sorta di forza, di energia.

Perché ci vuole forza per fare un mestiere come quello e tenere a bada la macchina; bisogna controllarla con tutto il corpo, un corpo che si fa grosso e pesante per la fatica e la stanchezza. La stessa forza, la stessa stanchezza con cui doveva essersi lasciata cadere. «A che serve allora essere forti?» avevo detto a Marie-Claude. Lei, guardandomi con gli occhi pieni di lacrime, aveva risposto che non lo sapeva.

Poi si è sentita nel cortile la sirena della polizia e Roger si è messo a picchiare ancora più forte. Parecchi agenti, seguiti da Legendre, hanno fatto irruzione nel laboratorio, si sono avvicinati a Roger e gli hanno intimato di scendere. Lui è sceso e ha cominciato a correre verso il mezzanino. «Fermati, fermati, non fare pazzie», gridava il marito di Nicole.

Un agente lo ha afferrato nel momento in cui tentava di scavalcare il parapetto. Lo hanno tenuto fermo tutti insieme e lo hanno trascinato verso le scale.

– Gli alberi muoiono in piedi o vengono assassinati! – urlava lui.

– Sicuro! Sicuro! – rispondeva un poliziotto. – Stai calmo.

– Perché gli date del tu? – ha chiesto qualcuno.

Legendre, impettito e senza camice, era rimasto vicino alla porta; quando i poliziotti sono usciti trascinando Roger a viva forza, lui li ha seguiti mentre dal laboratorio si levavano di nuovo grida ostili.

Poi si è fatto un gran silenzio. Eravamo tutti immobili, in piedi vicino alla macchina ormai irriconoscibile, un ammasso di ferraglia brutto e inutile. Risentivo le risate di mia madre e delle altre nella nostra cucina, perché Louise si pavoneggiava nel suo costume nuovo, con quei lacci complicati annodati appena sopra le natiche.

– Sembra proprio un pacchetto regalo – diceva Brigitte. Loro ridevano come matte ed io ero entrata per vedere quel pacchetto.

Ho sentito una risata salire dal fondo della gola. Non sono riuscita a trattenermi, sussultavo da capo a piedi e la tempesta si scatenava nel laboratorio travolgendo nel suo impeto cose e persone, come se avessi addentato la tavoletta di cioccolato di quella pubblicità che mi piaceva tanto da piccola e che a un tratto metteva la terra sottosopra.

Filavamo, Piotr e io, fra le macerie della fabbrica in rovina. Il sidecar girava intorno a un enorme cumulo di detriti polverosi e ogni tanto saliva fino in cima; di lassù vedevamo la città calma e silenziosa. Avevo le vertigini perché la giostra girava veloce, troppo veloce, tutto si confondeva ai miei occhi, i quaderni rossi sparpagliati, le matite, i camici, l'orologio dello spogliatoio, le saponette color ocra che si sfacevano sul bordo dei lavabi, le macchi-

ne, gli sgabelli, le enormi bobine, i camion sventrati, i manifesti di Le Touquet e di Wimereux col mare e le barche. A un tratto sentivamo il suono stridulo della sirena che annuncia l'uscita e che risuona ogni sera in tutto il quartiere come un urlo interminabile, come un lungo singhiozzo. La folla accorreva, si agitava, frugava in quell'ammasso di carcasse metalliche e all'improvviso, dietro la ruota di un camion con la scritta «FILATI DI LUSSO» vedevo il gatto bianco che miagolava.

Allora dicevo a Piotr di fermare il sidecar e correvo in suo aiuto. Si rifugiava tra le mie braccia...

Adesso eravamo in tre. Il sidecar aveva ripreso a correre. Piotr diceva che stavamo tornando a casa. Vedevo l'orto, la piccola staccionata di legno, la capra che brucava sul sentiero fangoso. Anatoli ci aspettava, seduto sull'erba, bevendo una birra.

Arnold stava aprendo il negozio. Qualche uccello ancora dormiva, la gracula parlottava per conto suo, appollaiata sulla spalla del padrone che mi guardava con aria interrogativa. E Malo-les-Bains?

Non riuscivo a parlare, mi sono rifugiata tra le sue braccia. La gracula si è zittita. Lui mi ha stretto forte.

– Che ti è successo, gabbiano mio?

Da sopra, dal piano superiore, si è fatto sentire un rumore di passi. Passi appuntiti, ho pensato: tacchi sottili, spilli che mi entravano nel cranio, passi di donna. Era la prima volta che lassù si manifestava una presenza. Ho cominciato a piangere, un fiume di lacrime. La fidanzata di Berlino non aveva scelto il momento più adatto per comparire. Già, la fidanzata di Berlino. Chissà se aveva la voce di Suzanne Vega che le attribuivo quando cercavo di immaginarmela, quella donna assente che pure sembrava da sempre abitare quei luoghi?

I passi giravano in tondo con una specie di impazienza e a quel rumore sentivo contrarsi i muscoli di Arnold, che mi dava dei colpetti sulla nuca. Povero piccolo gabbiano.

Mi sono asciugata gli occhi e sono riuscita a dire qualche parola. Ho raccontato la tragica notte della fabbrica, l'annuncio della chiusura, la disperazione di Louise, la sua probabile morte, la follia di Roger. A pianterreno e al piano di sopra, un lungo silenzio ha accolto quelle parole. Poi i passi hanno ripreso a martellare il pavimento.

– Aspetta, ho una cosa per te – ha detto lui ed è salito.

«Non è vero, ho pensato, si è innervosito. Vuole salire per far tacere quel rumore acuto di tacchi che lo chiama». In ogni caso il suono è cessato. Subito. Al suo posto dei mormorii, delle parole indistinte alle quali la gracula aggiungeva ogni tanto uno strillo acuto. Mi muovevo in punta di piedi tra le gabbie, attenta alle misteriose manovre che si svolgevano sopra la mia testa.

Anche se non era la fidanzata di Berlino (bella faccia tosta avrebbe avuto a presentarsi così dopo tanti anni!), anche se non era lei, in un certo senso non faceva differenza.

Ho pensato a salire di corsa le scale per sorprendere i loro segreti. Era sgradevole sentirsi di colpo l'estranea, quella che non poteva andare di sopra, mentre ci avevo passato ore e ore la domenica pomeriggio, quando mia madre e Ricco tardavano a tornare dopo aver smontato la pista da ballo.

I mormorii erano cessati. Mi sono avvicinata al tavolo; sulla pagina del libro aperto potevo leggere: Quaglia della Cina, Ghiandaia marina abissina, Uccello del Paradiso, Paradisea superba della Nuova Guinea,

Bufago, Hoazim, Sveglia o Quaglia di Giava. Arnold aveva sottolineato qualche riga a matita, aggiunto dei disegni e cerchiato la parola «Cotingidae».

Tutto intorno a me il silenzio era interrotto dai fremiti delle ali, dai fruscii delle piume che gli uccelli appena svegli arruffavano o lisciavano. Da sopra non giungeva più nessun rumore, immaginavo dei baci tra Arnold e l'intrusa.

Lui è ridisceso con un libro in mano e me lo ha dato.

– Se vuoi, fra qualche giorno ti porto a Parigi. Andiamo a vedere *Il gabbiano* di Čechov, lo danno in un grande teatro, ho pensato che forse prima dovresti leggerlo.

Ho preso il libro. Di sopra era ricominciata la danza dei tacchi; ho alzato la testa.

– Anche Marthe verrà con noi – ha detto Arnold con un sorriso.

Non era la vera fidanzata di Berlino: quella si chiamava Pieke. Ma non aveva importanza: lo leggevo negli occhi di Arnold.

Quel modo di camminare era inconfondibile: lei stava prendendo possesso dei luoghi; anche questo si leggeva negli occhi di Arnold. Fra poco lui le avrebbe mostrato tutti gli uccelli migratori che fino a qualche tempo fa osservavamo insieme. Le avrebbe parlato dell'avocetta dal lungo becco arcuato, degli aironi cenerini, delle sterne, delle beccacce. Ma io avevo un certo vantaggio su Marthe.

Ho preso il libro. I tacchi si avvicinavano alla scala, esitavano, cominciavano a scendere. Non volevo sapere altro di lei, non era il momento. Mi bastava quel rumore acuto. Dovevo correre all'ospedale, pensare a

Roger, ad altre cose ancora. Dovevo tornare nella stanza 24 prima che Piotr partisse con Anatoli. Ho ringraziato Arnold. Lui tentava di trattenermi, probabilmente a causa di Marthe.

Gli ho domandato:

– Conosci il nome di qualche uccello che vive in Siberia?

– In Siberia? Perché in Siberia? Aspetta… ne conosco almeno uno, la gru belladonna; vive nei pressi del lago Baikal. Vuoi saperne altri? Te li cercherò. Ma perché proprio laggiù?…

Mi sono precipitata verso la porta proprio nel momento in cui risuonava, all'improvviso, la voce di Suzanne Vega e i passi per le scale si avvicinavano. Fuori nevicava, solo un nevischio leggero.

Anche l'ospedale era bianco come la neve e nel vestibolo, malgrado il calore soffocante, avevo i brividi. I corridoi lunghi e tirati a lucido, le porte chiuse, le ombre rapide e trasparenti delle infermiere, l'odore dolciastro delle medicazioni e della biancheria mi davano la nausea. Mi sono avvicinata allo sportello delle informazioni.

Non sono ammesse le visite, ha detto seccamente la donna, ed io a ripetere che mia madre era già là e che... Bene, ha tagliato corto lei, terzo piano. Nell'ascensore andavo ripetendo Louise, Louise, Louise, come una specie di preghiera. Poi la cabina si è fermata al terzo piano.

Proprio in fondo, in piedi, appoggiata al muro, mia madre guardava nella mia direzione senza vedermi. Mi è parso che chiudesse gli occhi. Ho cominciato ad andarle incontro, ma non ero sicura di raggiungerla. I miei passi mi trattenevano. Avevo molta paura. Forse non avrei dovuto essere là. Non sapevo.

Ho risentito la sua voce, ma si trattava di un altro giorno. Avevo in mano la cartella, la direttrice della scuola era venuta a cercarmi in classe, e quella che mi aspettava per portarmi in questo stesso luogo era proprio lei, Louise. La nonna era stata appena ricoverata e mia madre le era rimasta vicino per assisterla. Di quel momento ricordavo ogni particolare. Scivolavo sul pavimento lucido e Louise camminava davanti a me. A un tratto si era messa a correre per abbracciare mia madre che ripeteva piangendo: «È finita, è finita». E lei rispondeva: «Sono qui, sono qui».

– Mamma, sono qui – ho detto toccandole un braccio con la punta delle dita.

Lei ha fatto un cenno con la testa e mi ha stretto forte un polso. Le ho dato un bacio sulla fronte, mi sono appoggiata al muro come lei e siamo rimaste così per non so quanto tempo, senza parlare. In quel corridoio deserto non passava anima viva, non c'era nessuno che, da dietro una porta, facesse un rumore per rassicurarci, per impedirci di pensare che la morte aleggiava tra quelle mura.

Avevo le gambe intorpidite ma volevo resistere finché era necessario. No, non sarei andata a sedermi su una delle tre sedie allineate di fronte. Stare in piedi significava resistere, essere pronte ad accorrere quando l'infermiera fosse finalmente venuta a portare una buona notizia: che Louise stava meglio, che se la sarebbe cavata.

– Dov'è Roger? – ha chiesto mia madre in tono di biasimo, convinta che lui stesse prendendo una sbornia formidabile in uno dei tanti locali della città. – Bisogna avvertire Madeleine – ha soggiunto, sottintendendo che era inutile contare su un buono a nulla come lui.

Le ho raccontato tutto: la macchina accartocciata, gli alberi che muoiono in piedi a meno che non siano assassinati, la camionetta della polizia, Legendre.

– Non parlarmi di quello là!

Ho detto che sarei andata a Herzeele ad avvertire Madeleine. Lei non aveva mai voluto il telefono per paura delle brutte notizie. Quanto a Christine, era partita col suo innamorato e nessuno sapeva dove fossero.

Si è aperta una porta, ma non era quella giusta. L'infermiera si è avvicinata per indicarci le sedie. Con mio grande stupore, la mamma è andata a sedersi. Io ho fatto lo stesso, ma ho pensato che era uno sbaglio, un segno di cedimento. All'improvviso il corridoio si è animato: i carrelli delle medicazioni, le donne delle pulizie, il primo giro di visite. Nella tempesta ci aggrappavamo alle nostre sedie, di nuovo silenziose, decise a non andar via di lì senza Louise.

– Dovresti partire al più presto, – ha detto mia madre. – Madeleine dovrebbe essere qui, accanto a lei.

– D'accordo.

Ho cercato degli spiccioli; poi c'è stato lo scricchiolio dei miei passi fino alla macchina del caffè, a lato degli ascensori, e poi due tazze fumanti che abbiamo bevuto insieme. Mi è parso di sentire un gusto amaro, ma forse non era l'amaro del caffè.

Il sabato prima, tutta la banda si era riunita a casa nostra. Si parlava della prossima estate, di una grande casa da affittare tutti insieme in Bretagna. Una novità.

– E Nina che ne dice? – aveva chiesto Louise alzando la voce per farmi uscire dalla mia stanza.

– Dico che non ci vengo. È finito il tempo dei castelli di sabbia e dei bagni in famiglia!

Tutti gli sguardi si erano fissati su di me; ero uscita sbattendo la porta.

In fondo era vero, non intendevo passare la vita con loro e con le loro storie, sempre le stesse. Ogni tanto avevo l'impressione di vivere diverse vite contemporaneamente: la nostra, quella di mia madre e la mia, e poi le loro, delle quali sapevo quasi tutto. Tutto. Ormai mi ci perdevo, non sapevo più quello che volevo, ma solo quello che non volevo. Non volevo una vita così.

Il medico ci è passato davanti e mia madre si è alzata di scatto. Un'infermiera l'ha fermata: sarebbe ripassato più tardi, bisognava avere molta pazienza, era meglio dormire un po'. Mia madre ha acconsentito a sdraiarsi in una stanza libera dove l'ho lasciata dopo averla di nuovo baciata sulla fronte, come faceva lei ogni sera nella vita di prima.

Mi sono avviata per il corridoio, ho superato gli ascensori e la macchina del caffè, poi sono tornata sui miei passi, ho preso un altro caffè e mi sono seduta. Ho sfogliato il libro di Arnold, ho letto qualche frase a caso: *È la tragedia della mia vita, fin da quando ero giovane... Perché? Perché si annoia... E io sono attirata qui dal lago, come un gabbiano... Ancora un minuto... Fa freddo, freddo, freddo, tutto è deserto, deserto, deserto... Lo spettacolo sta per cominciare... Un uomo è passato per caso... Il giardino è buio, bisognerebbe far demolire questo teatro...*

Poi, per la strada, non sapevo più niente. Non sapevo da che parte cominciare. La neve copriva ogni cosa, la strada, i marciapiedi e i tetti delle macchine, con una tenue coltre setosa. Le mie scarpe da tennis scricchiolavano come sul pavimento lucido del terzo piano. Louise.

Ho traversato col rosso, sono corsa verso l'autobus da cui arrivava il richiamo insistente di un clacson, ho risposto con un gesto stizzito all'insulto lanciatomi dal conducente. Ci voleva dell'altra neve, molta neve perché Piotr non partisse. Sarebbe rimasto? E che farsene di un uomo tutti i giorni?

Giunta davanti al nostro portone, ho alzato gli occhi verso la stanza 24. Delle coperte pendevano dalla finestra aperta. Ho salito le scale di casa, facendo i gradini quattro a quattro. Ho sentito sotto il piede qualcosa che era stato infilato sotto la porta. La fotografia, quella che Piotr teneva sempre nel portafoglio, con la casa di legno, la staccionata, l'orto e la capra. E anche Anatoli, che a ben guardare era molto meno bello di Piotr, o almeno così mi pareva. Ridevano ancora, ridevano sempre in quella foto.

L'ho girata e dietro c'era un disegno, una nave tra le onde. A bordo due ometti agitavano la mano in segno di saluto. Sotto, una parola quasi illeggibile, forse Piotr, forse Nana, o forse addio.

Mi sono avvicinata alla finestra e nella stanza 24 non c'era più niente. L'armadio era aperto e vuoto e così il comodino. All'improvviso ho avuto una fame da lupo, avrei divorato qualsiasi cosa, volevo riempirmi lo stomaco. Ho messo un disco di Maurane, *les cargos lourds... et les grues patraques... moi et ma tête à claques... toi qui courais dans les flaques... les citernes de gasoil.*

Ho fatto scaldare le patate del giorno avanti, ho aggiunto le uova e mi sono seduta a tavola; da una parte avevo la fotografia di Piotr e dall'altra i biglietti del treno per me e per mia madre.

La vicina del piano di sopra è venuta a bussare per via del rumore. L'ho lasciata un bel po' dietro la porta a spazientirsi e poi, visto che insisteva e minacciava di chiamare la polizia, ho aperto e ho detto:

– Gli alberi muoiono in piedi o vengono assassinati!

Nient'altro. Lei mi ha guardato ruotando l'indice puntato contro la tempia; poi se n'è andata.

Voltandomi, ho visto il piattino del gatto e la bottiglia del latte posata lì vicino. Ho bevuto il latte rimasto. Mi è venuto da vomitare, ho vomitato. Poi per un po' devo essermi addormentata.

Era una roulotte come quelle di cui parlava Arnold, una roulotte da ricchi, del secolo scorso o forse dei primi an-

ni di questo. Riparava i borghesi dal vento e dagli sguar-
di. Bisognava nascondere il corpo e i suoi segreti. Le con-
venienze. Ci si spogliava in privato, poi si metteva il na-
so fuori, ci si esponeva al vento di mare, sempre proteg-
gendo la pelle, il candore della pelle. Dopo ci si faceva ri-
portare a casa.

Il bambino era solo vicino alla roulotte, un bambino già
grasso e calvo. Si sentiva una voce di donna chiamare «Hen-
ri-Emmanuel, Henri-Emmanuel». Il ragazzino fingeva
di non sentire e tirava la coda al gatto, un gatto bianco,
mite e pauroso, che si rifugiava dietro le ruote.

Si udiva di nuovo la voce della donna, ma Henri-Em-
manuel correva verso il mare, correva, correva. Poi, do-
po essersi voltato per vedere se qualcuno lo seguiva, en-
trava nell'acqua camminando.

L'acqua gli lambiva le caviglie, i polpacci, le ginocchia,
le cosce, la vita, le spalle pienotte, il collo già troppo gras-
so e corto, il visino di bimbo capriccioso e già vecchio, il
cranio calvo. «Aiuto! Aiuto!» gridava la donna, sempre
da dentro la roulotte. Sotto, il gatto bianco seguiva la sce-
na lisciandosi il pelo. Poi il cranio calvo spariva e finiva
tutto.

I lunghi colli delle gru si stagliavano contro il cielo di Dunkerque striato di nubi; erano aironi enormi che si posavano sui ponti delle navi alla ricerca di cibo o tenevano nel becco, appeso a un filo, un greve bottino pescato nel ventre del porto. L'odore grasso del pesce e del gasolio restava incollato alla pelle e sembrava appesantire il volo dei gabbiani che passavano rasente ai tetti, simili ad aerei di carta, o si abbattevano rovinosamente dovunque li gettasse il vento. Banchine deserte. Ogni tanto il sospiro di un battello che spurgava acqua o un motore ancora freddo che tossiva.

Non ero scesa alla stazione più vicina a Herzeele. In realtà volevo rintracciare i due marinai siberiani e trovare il coraggio di presentarmi a Madeleine. Camminavo lungo le banchine nella speranza di incontrare qualcuno a cui chiedere informazioni. Qual era la nave in partenza per il Canada? Vedevo solo un'immensa fabbrica a cielo aperto, una fabbrica inerte, stanca. Udivo solo lo stridio dei gabbiani e lo sciabordare dell'acqua contro gli scafi. Andavo avanti e indietro, tutto mi sembrava smisurato, denso: i bastimenti, gli hangar, le banchine, il cielo grigio che si perdeva chissà dove.

A un tratto mi è parso di riconoscere il punto dove, un giorno di carnevale di qualche anno prima, avevamo finito col ritrovare Roger. Era salito su un'imbarcazione e avanzava sul parapetto camminando sulle mani, a rischio di cadere e di farsi male o addirittura di annegare. Era ubriaco fradicio e si rifiutava di scendere. Eravamo appena usciti dal Kursaal e lui doveva aver approfittato della confusione per eclissarsi. Tra quella folla, avevo quasi paura. Tutta la città era come impazzita, la gente cantava e girava per le strade con i travestimenti più incredibili. Noi avevamo il nostro gruppo, sempre gli stessi, tutti mascherati.

– Ma dov'è Roger? – aveva detto a un tratto Louise, ansiosa come sempre.

Nessuno l'aveva visto, eppure eravamo in molti. Ci eravamo messi tutti a cercarlo.

– Hai perduto qualcuno? Non trova più il suo uomo!

Le risate irritavano Louise.

Anch'io, in punta di piedi, cercavo di scorgere la sua zazzera. Louise gli aveva fatto una parrucca con dei gomitoli di lana di tutti i colori: sembrava uno dei pappagalli di Arnold.

Quando alla fine lo abbiamo ritrovato, testa in giù e piedi in aria, cantava: «*Si t'as le cafard, peins-toi en noir, prends ton plumeau, tes godillots et mets ta rhabillure…*».

A un certo punto era caduto nell'acqua: un gran tonfo e poi più nulla. C'erano volute parecchie persone per ripescarlo: la serata era terminata all'ospedale.

Ancora prima, a Bray-Dunes, una domenica che mio padre aveva litigato con Léon, avevamo passato il resto del pomeriggio in riva al mare, sulla spiaggia. Mia madre camminava con le scarpe in mano ed io ero al mio posto preferito, a cavalcioni sulle spalle di mio padre. Non parlavano molto, ma la mamma continuava a ripetere:

– Potresti sforzarti un po'.

Lui replicava:

– Ma se non mi può soffrire...

Io tenevo d'occhio un'imbarcazione che pian piano scompariva all'orizzonte. Sembrava che cadesse dietro al mare, là dove forse non c'era nulla.

Avrei voluto andare a Bray-Dunes in pullman o con l'autostop, e invece dovevo riprendere il treno, incontrare Madeleine, inventare delle parole non troppo crudeli per spiegare quello che era successo nella fabbrica. Non ero sicura di riuscirci. I ricordi che avevo di lei erano quelli del ballo di Herzeele, dove probabilmente non sarebbe tornata mai più.

Nel treno, all'improvviso, mi sono resa conto che la mia prima vacanza stava per finire e che lunedì sarei dovuta tornare al lavoro. E stavolta toccava a me proporre a Mariline e a Sarah il nostro indovinello settimanale: l'imitazione di una cliente o di un cliente, per cominciare la settimana ridendo alle spalle di chi ci assilla dalla mattina alla sera. Ero sfinita. Quante cose erano successe dal giorno prima! Il mio piccolo mondo era crollato ed io ero un'estranea, estranea a me stessa.

Ho chiesto a una vicina di svegliarmi a Esquelbecq, nel caso mi fossi addormentata.

Il negozio era pieno di gente, eppure c'erano solo due clienti. Seduti fianco a fianco, avvolti in enormi asciugamani, piangevano a dirotto. Intorno si affaccendava un esercito di operaie di cui riconoscevo perfettamente i volti. In prima fila mia madre (col solito camice, quello che fa la spola tra lo spogliatoio della fabbrica e la lavatrice di casa, viaggiando regolarmente avanti e indietro con in tasca lo specchietto, l'aspirina e i confetti alla menta). E poi Louise, Marie-Claude, Nicole, Brigitte. Una squadra al colmo dell'eccitazione, che vorticava intorno ai due clienti accasciati.

Ognuna brandiva un attrezzo enorme e minaccioso, cesoie meccaniche, pinze, aghi mostruosi, tenaglie, e tutte si affaccendavano intorno ai due uomini sbigottiti che all'improvviso riconoscevo: Delplat e Legendre, terrorizzati, in trappola. Ora sembravano solo due poveri cristi pronti a sottoscrivere tutte le cose che quelle furie chiedevano a gran voce senza smettere di malmenarli: docce, spogliatoi dove arrivasse il sole, ferie più lunghe, ritmi di lavoro distesi, eliminare i quaderni di Legendre, eliminare Legendre, cornetti all'intervallo, regali di compleanno, un po' di dolcezza.

Loro firmavano tutto, promettevano la luna, chiedevano perdono. Eppure ancora non bastava, almeno a detta di Nicole, la più scatenata, che lanciava sul cranio calvo di Delplat tutto quello che le capitava sottomano e continuava a gridare: «E poi? E poi?».

– È la vostra stazione – ha mormorato la mia vicina.

Domenica...

E così ieri sera, quando finalmente sono arrivata davanti alla casa di Madeleine e mi sono avvicinata alla porta, ho subito sentito la voce di mia madre.

All'ospedale Louise era morta un'ora o due dopo che ero andata via e la mamma si era affrettata a seguirmi. Ho aperto la porta e le ho trovate abbracciate. Mi hanno guardato e Madeleine ha detto:

– Prendi un po' di caffè, tesoro.

Sulle prime quella frase mi è sembrata insulsa: avrebbe potuto dirla in qualunque altro momento, in una giornata felice, in una di quelle domeniche in cui andavamo a ballare. Forse ormai per Madeleine, come per Louise, niente aveva veramente un senso. Avrebbe potuto prendermi per un braccio e trascinarmi sulla pista a ballare il madison o la mazurca, oppure saltare sulle gambette magre cingendo le amiche alla vita. Eppure in quel momento era proprio questo a renderla così commovente: il fatto che si arrendesse completamente al dolore e non cercasse di nascondersi dietro le grandi parole. In fondo sarebbe stato inutile.

Sono venuti a prenderci in macchina per riportarci a Roubaix insieme a lei. Filavamo nella notte, senza parlare. Ma-

deleine sedeva accanto al posto di guida, mia madre ed
io dietro. Ci tenevamo per mano ed io piangevo silenzio-
samente per via di Louise, di Madeleine che di tanto in
tanto si passava un fazzoletto sul viso e anche per via delle nostre mani, quella di mia madre e la mia, che si stringevano forte e mi facevano nascere dentro delle parole d'a-
more, parole dolcissime che non si potevano dire.

Quando siamo arrivate, abbiamo fatto coricare Madeleine in camera mia; io avrei dormito con mia madre in salotto. L'uomo che ci aveva accompagnate fin
lì voleva ripartire subito.

Non è stata la notte a Malo-les-Bains che avevo immaginato, ma non dimenticherò mai quei momenti. Eravamo così stanche che ci siamo allungate sul divano senza spogliarci. Da due giorni la neve continuava a cadere imbiancando la città e brillando alla luce dei lampioni. Seguivo con gli occhi le miriadi di puntini scintillanti che, se chiudevo le palpebre, mi davano una sorta di ebbrezza.

Siamo rimaste a lungo in silenzio, ma ognuna sapeva
che l'altra non dormiva. Poi, a un tratto, un profondo singhiozzo l'ha sollevata, un'enorme ondata di disperazione
l'ha gettata tra le mie braccia. L'ho stretta forte, le sue
lacrime calde mi scorrevano sul collo. Da quanto tempo
non ci toccavamo così? Sentivo tutto il suo corpo tremare, le accarezzavo le spalle e la schiena, respiravo l'odore
umido dei suoi capelli, un odore che conosco da sempre,
e quello della sua pelle che sapeva di zucchero e di latte.

Tenendola così stretta ritrovavo il calore di Piotr, la
felicità di stare vicino a un altro essere fino a fondersi,

il desiderio di essere anche l'altro. L'ho chiamata per nome, Suzy. Mi piace quando le amiche la chiamano così. In quel momento Suzy era meglio di mamma, era veramente lei, con tutta la sua vita fin dal primo giorno.

Lei ha smesso di piangere e ha detto:

– Delplat è morto, Legendre l'ha trovato nella vasca. Si è sentito male mentre faceva il bagno.

Non ho reagito. Un po' più tardi ho raccontato il nostro incontro di venerdì mattina, dopo che lui era stato al negozio. Ho raccontato la sua richiesta, la sua offerta di pagarmi, il mio disgusto.

– Hai fatto bene a non andare, – ha risposto mia madre. – Poteva anche avere la crisi mentre eri a casa sua. E poi che razza di proposta! Era un porco. Per fortuna ce ne siamo liberati.

Un giorno saprà, glielo dirò. Un giorno.

Ho pensato al gatto bianco, l'avevo un po' dimenticato da quando era sparito nel cortile della fabbrica. Avrei potuto farmi scoprire mentre andavo a prenderlo all'impasse Beauséjour, ma non avevo niente da rimproverarmi. Era stato Delplat a decidere di fermare tutto, di chiudere la fabbrica, di andarsene anche lui.

Ero contenta di sapere che non c'era più. Eppure tutt'a un tratto mi sembrava di non essere più la stessa, per colpa di quella cosa che mi toccava tenermi dentro senza nessuno con cui condividerne il peso.

Credo di essermi addormentata per prima.

Il gatto bianco correva nella neve. Veniva da lontano, da molto lontano, e pian piano si avvicinava...

Stamattina pensavo che non avevo mai passato una domenica da sola. Mai. Era la prima volta. Mia madre e Madeleine erano uscite presto. Tutte quelle stupide formalità dopo la morte. Tanto dolore, e non si può neppure viverlo in santa pace nel proprio angolo. Bisogna scegliere i fiori, chiedere quanto costano. Si può piangere finché si vuole, ma intanto gli altri guardano. E poi c'è il giorno, l'ora. Bisogna decidere, trovare la forza di andare, di stringere delle mani, di dire grazie.

Sentendo che si preparavano, avevo fatto finta di dormire. Non parlavano, ma nel loro silenzio c'era qualcosa di fragile che le avvicinava e che temevo d'incrinare unendomi a loro. Ero rannicchiata sul divano, ancora vestita, e aspettavo che uscissero per riprendere possesso del mio letto e mettermi in pigiama.

Non è nulla, mi dicevo; passerà. Dovrà pur passare questo giorno malato. Era una specie di malattia, ed io tentavo di guarire nascondendomi sotto le lenzuola. Eppure sapevo bene che certi giorni non sarebbero più tornati, giorni semplici, momenti anche brevi.

Ho deciso di restare a letto tutto il giorno. Perché alzarsi? Volevo dimenticare Steph, Arnold aveva da fare, Piotr navigava in alto mare, il resto faceva venire voglia di mollare tutto. La morte di Louise, il delirio di Roger, il dolore, la chiusura della fabbrica.

Un aroma di caffè tiepido aleggiava per la casa e mi ricordava altre domeniche che già appartenevano al passato, quando si faceva colazione prima di andare sulla spiaggia, in casa di Bob o nella cucina della nonna, con la nostra banda o senza, in pieno inverno o a primavera, con Ricco, prima di lui, dopo di lui.

Al piano di sotto, il giovane Delaire metteva i suoi dischi rock e si esercitava alla chitarra. Andando in cucina a prendere dei biscotti, ho visto dietro la finestra della stanza 24 l'ombra di un uomo che riordinava delle carte fumando una sigaretta. Ancora qualche ora e anche quella domenica sarebbe stata un giorno finito, svanito, perduto nelle profondità del tempo. La mia prima domenica da adulta.

Ho riordinato la mia stanza, ho ascoltato dei dischi, ho riletto alcune delle lettere di Steph, le ho gettate nella spazzatura, le ho ritirate fuori per metterle in un cassetto. Ho infilato la biancheria di merletto in una busta di carta, ho nascosto la busta sotto il letto. Domattina, andando al lavoro, la butterò via.

Ho scritto a mio padre; lo faccio spesso e naturalmente non spedisco mai le lettere: non ho il suo indirizzo. Del resto ho sempre meno cose da dirgli. Papà, è domenica, ti ricordi l'ultima domenica che abbiamo passato insieme? Beh, passato non è la parola giusta: quel giorno mamma ed io abbiamo preso il treno alla Gare du Nord. «Succede sempre così con le colombe, dice-

vi tu, alla fine volano via e non si sa mai dove vanno...».
Avevi gli occhi rossi e la barba lunga. «Pungi!» bor-
bottavo io strusciandomi a te. «Bella domenica!» rispon-
devi tu guardando mamma che fissava l'orologio della
stazione.

In ogni caso a te non piacevano, le domeniche.
Preferivi il tuo ufficio in cima alla torre, con Elisa.
Perciò ti alzavi così tardi e giravi per casa in pantofo-
le, a meno che non pranzassimo da Léon e Mathilde
(detestavi andare a pranzo da loro). Preferivi guardare le partite alla televisione insieme a Momo: «Banda di rincoglioniti! Rotti in c...! Froci! Ma guarda quel
figlio di puttana che si lascia scappare il pallone, mer-
da!».

Diavolo d'un Momo!

Il lunedì ti alzavi cantando, ti aspettavano nuove av-
venture. Anche Elisa ti aspettava. Che ne è stato di Elisa, papà?

Domani, mentre corro verso il salone, cercherò di pensare a te, ma non prometto niente.

Arriverò trafelata, la signora Lemonier non sarà anco-
ra tornata dal giro di acquisti del lunedì e così nessuno mi
rimprovererà per il ritardo. Entrerò con la pancia in fuo-
ri fingendo di guardare l'orologio d'oro e dirò:

– Allora, signora Lemonier, che fanno queste pollastrel-
le? Chiocciano? E la vostra fatina è qui? Dov'è, signora
Lemonier?

Mariline e Sarah scoppieranno a ridere perché ricono-
sceranno subito il cliente.

– Nina! Penserete voi al signor Delplat – dirà Mariline imitando la Lemonier.

– Ci ho già pensato, signora, ci ho già pensato…

Poi la falsa Lemonier dirà ancora:

– Alla settimana prossima, signor Delplat.

– No, signora Lemonier, non alla settimana prossima…

Lunedì...

La sveglia suona. Suona a lungo. Una camera minuscola, con pochi mobili: un tavolo ingombro di cianfrusaglie: ninnoli, riviste, una radiolina a pile, un asciugacapelli, dischi sparsi, un astuccio da maquillage. Vicino al tavolo, un pouf di velluto nero su cui sono posati alla rinfusa degli indumenti. E poi il letto.

Nina afferra la sveglia e la infila sotto le coperte. Nell'appartamento nessun rumore. Sua madre è già andata in fabbrica. Non mollare la fabbrica.

Che ne sarà di tutte loro?

Al muro, qualche fotografia ritagliata dai giornali, un poster con la torre Eiffel a zig-zag, una cartolina di Berlino.

Il funerale di Louise è fissato per mercoledì, a Herzeele. Nina chiederà alla signora Lemonier il permesso di andare.

Finalmente si alza. È già in ritardo. Sul tavolo di cucina, vicino alla tazza, Suzy ha lasciato una pagina del suo quaderno: «Buona giornata, tesoro, stasera torno a casa tardi». Nina beve il caffè chiudendo gli occhi, prende la matita posata vicino al foglio, solleva i capelli bruni e spettinati che le coprono il viso. Ha gli occhi verdi, è piccolina, un po' grassottella. Indugia così qualche minuto, poi corre in bagno.

Dopo aver infilato in fretta il piumino, preso la busta di carta nascosta sotto il letto e messo in tasca l'astuccio da maquillage, scende le scale a precipizio e corre fino alla fermata del 25.

Farà l'imitazione di Delplat, anche se ieri non ne era più tanto sicura. Entrerà a pancia in fuori, alzando il braccio per guardare l'orologio. Lui faceva sempre così. E poi dirà: «Buongiorno, signora Lemonier. Allora queste pollastrelle...».

Mariline e Sarah si piegheranno in due dalle risate.

Scende dall'autobus 25; a momenti lasciava passare la sua fermata. Corre per la strada con le lacrime che le scorrono calde sulle guance gelate. Il vento è pungente. La neve è scomparsa. Passa davanti alla lavanderia, al tabaccaio, all'emporio, al negozio dove si riparano gli elettrodomestici, alla farmacia. Getta in un bidone la busta di carta, svolta a sinistra, a destra, ancora a sinistra. Da lontano vede Micky, si scambiano un cenno di saluto.

Apre la porta del salone. C'è già moltissima gente. La signora Lemonier la chiama.

– Nina, ormai ho perso ogni speranza di vedervi arrivare un giorno puntuale. Su, presto, andate a cambiarvi, abbiamo molto lavoro. Domattina ci sono i funerali del signor Delplat.

Nina si precipita nello spogliatoio, si toglie il piumino, infila un paio di pantaloni e una t-shirt nera. Fruga in una tasca, tira fuori il rossetto e si trucca guardandosi allo specchio.

Sarah entra, la osserva e dice:

– Ehi, bella! Non è ancora l'ora del tuo moroso! La Lemonier è fuori di sé!

Nina continua a tingersi le labbra di un rosso vivo, come quello del sidecar di Piotr. Vede il sidecar; sopra ci sono Piotr e Anatoli che agitano la mano. Sono in alto mare, laggiù, in lontananza. È come la barchetta di un bambino, un sogno che devono aver fatto da bambini, in Siberia. Dov'è esattamente la Siberia? Ecco, toccano l'orizzonte e stanno per scomparire in quello che forse è il nulla.

Nina sorride. Non è ancora l'ora del suo moroso! Entro stasera avrà finito di leggere *Il gabbiano*. Domenica prossima lei e sua madre andranno a Malo-les-Bains. Questa volta è sicuro. Sull'immensa spiaggia, dove il vento solleva la sabbia e spinge i gabbiani indolenti, le racconterà quello che è successo all'impasse Beauséjour. Forse. O forse in seguito.

Un giorno avrà un gatto. Lo chiamerà Zima.

Indice

Questo volume è stato stampato
su carta Palatina
delle Cartiere Miliani di Fabriano
nel mese di settembre 2010
presso la Leva Arti Grafiche s.p.a. - Sesto S. Giovanni (MI)
e confezionato
presso IGF s.p.a. - Aldeno (TN)

La memoria